僕のスライムは世界最強3

A L P H A L I G H T

空 水城
Mizuki Sora

JN044723

アルファライト文庫

ファナ・リズベル
ルゥの幼《おさな》馴《な》染《じみ》の女の子。
冒険者として有力パーティーに
所属している。
クロリア・ハーツ＆ミュウ
ルゥとパーティーを組む少女。
従魔のミュウは回復や支援《しえん》が得意な
ハピネススライム。
ルゥ・シオン＆ライム
ちょっと気弱な
駆《か》け出し冒険者の少年。
従魔《じゅうま》のライムは【捕食《ほしょく》】
スキルを持つスライム。
CHARACTERS

ナナガ・ロボロ
ラミアの妹。好戦的な性格で大蛇の従魔を従《したが》える。
ラミア・ロボロ
モンスタークライムの一員の妖艶《ようえん》な女性。
ロメ&マッドウルフ
冒険者に追われて逃亡生活を送る不思議な少女。
シャルム・グリューエン
冒険者ギルド職員のクールな女性。従魔は悪魔種のレッドアイ。

呪《のろ》われた一族

1

（私は、いつも一人だ）

どことも知れぬ森林の奥で、少女はふとそう思う。

周囲にはただ静かにこちらを見下《みお》ろす樹木《じゅもく》たちが立っているのみで、人っ子一人いない。

時折《ときおり》、風に揺《ゆ》られて葉音がざわめき、寂《さみ》しさを紛《まぎ》らわせてくれるのが救いだった。

とぼとぼと行く当てもなく森を歩きながら、彼女はその音に耳を澄《す》ます。

思い出すのは故郷の村の近くにある、小さくて静かな森。

そこにいたときも、彼女はずっと一人ぼっちだった。

「……」

寂しさには慣れていたつもりだったが、村のことを思い出すと、胸を掴《つか》まれる気持ちになってしまう。

別に、一人ぼっちだったことを気に病《や》んでいるわけではない。

元々、愛想《あいそ》はない方。性格も良いとは言えないので、友達がいなかったのは仕方ないと、大いに納得している。

それでも、もやもやとした気持ちが否応《いやおう》なく湧《わ》いてきてしまう。

少女は小さく息を吐き、心を落ち着かせるように慎《つつ》ましい胸元に手を当てた。

「おい、あのガキはどこに行った⁉」

「まだその辺にいるはずだ！」

「急いで探し出せ！」

静かな森に、男たちの粗野《そや》な声が響《ひび》く。

――まったく、こんなときくらいは静かにしておいてほしい。

人知れず膨《ふく》れっ面《つら》を浮かべると、少女はすかさず走り出した。

森にうっすら線を引くようにできた獣道《けものみち》をひたすらに進んでいくと、前方に黒い狼《おおかみ》の背中を捉《とら》えた。

マッドウルフだ。

まだ子供なのだろう、仲間を探しているのか、小さな体をせわしなく動かしてすんすんと地面を嗅《か》いでいる。

好戦的な野生モンスターなので、油断《ゆだん》は禁物《きんもつ》だ。

しかし、少女が走る勢《いきお》いを緩《ゆる》めることはなかった。

彼女は幼《おさな》い声で呟《つぶや》く。

「……あの子なら」

やがて少女に気づいた黒狼は牙《きば》を剥《む》き出し、爪《つめ》を立てて突進する構《かま》えを取った。

それでも躊躇《ためら》わずに突っ込んでいく少女は、別に怖《こわ》いもの知らずでもなければ、冒険者顔負けの実力者というわけでもない。

ただの幼い——従魔《じゅうま》を授《さず》かる歳《とし》にも満たない普通の女の子だ。そう、ある一点を除《のぞ》いては……。

「グルァ！」

咆哮《ほうこう》とともに地面から跳《と》び上がる黒狼。

少女はわずかに体を反《そ》らし、飛びついてくる黒狼を寸前で躱《かわ》す。

さらにその黒い影を横目で追いながら、彼女はマッドウルフの体に右手で軽く触《ふ》れた。

性格はともかく、運動神経と反射神経は割と良いと自負《じふ》している彼女にとっては、そこまで難《むずか》しいことではない。

一瞬の交錯《こうさく》が終わり、両者は獣道の中心で背中を向け合う。

少女が恐る恐るマッドウルフの方を窺《うかが》ってみると、黒狼も同じタイミングで振り返った。

しかし、どこか先ほどとは様子が違う。

口を閉じ、剥き出しになっていた牙は隠《かく》れてしまい、針《はり》のように逆立《さかだ》っていた黒い毛もすっかり萎《しお》れている。しまいには、少女の目の前で姿勢正《ただ》しく座り、まるで従魔のような忠実《ちゅうじつ》さまで見せた。

少女はほっと安堵《あんど》の息を吐き、眼前のマッドウルフの頭を数回撫《な》でる。次《つ》いで黒狼を立たせると、少々頼《たよ》りない背中に静かに跨《また》がった。

まだ子供の狼だが、少女の小さな体を支えるくらいは容易《ようい》なようだ。

そして少女がぽんぽんと黒い背中を叩くと、黒狼は勢いよく獣道を駆《か》け出した。

自分で走るより何倍も強い風に髪を煽《あお》られながら、少女はふと、右手の甲《こう》に目を落とす。

種族：マッドウルフ
ランク：D
Lv：13
スキル：【威嚇《ハウル》】【獣覚鋭敏《ビーストセンス》】

目に入ったそれを見て、少女は再びこう思う。

——やっぱり私は一人ぼっちだ。

＊＊＊＊＊＊＊

朝。

東の空から差す日の光に当てられて、今日も街は元気に目を覚《さ》ました。

大通りには人とモンスターが織《お》りなす喧騒《けんそう》が響き、テイマーズストリートらしい活気《かっき》が溢《あふ》れている。

そんな中、僕――ルゥ・シオンは、パーティーメンバーのクロリアと一緒に大通りから脇《わき》に逸《そ》れた薄暗い小道を歩いていた。

僕たちがそれぞれの胸に抱《だ》いているのは、自分の相棒《あいぼう》であるスライムのライムと、ハピネススライムのミユウだ。

活気に満ちたメインストリートとは違って人がほとんど寄り付かず、日の光が入りづらいため、まだ朝靄《あさもや》の晴れていない細道は肌寒《はだざむ》い。

ようやく目的地の小屋の前にたどり着くと、僕は一拍間《いっぱくま》を置くように白い息を吐いてから、年季《ねんき》の入った扉《とびら》に手を掛けた。

「こ、こんにちは」

緊張《きんちょう》のにじむ頼りない声とともに扉を開くと、部屋の奥から椅子《いす》に座ったままの女性が顔を覗《のぞ》かせた。

「はい、いらっしゃ――おっ、ルゥ君とおさげちゃんじゃん」

僕の顔を見るなり、彼女はすくっと席から立ち上がった。

猫耳のおもちゃを載《の》せたクリーム色の長髪と、同色のドレスエプロンを揺《ゆ》らしながら、散《ち》らかっている部屋を軽《かろ》やかな身のこなしで通り抜けてくる。

テイマーズストリート唯一《ゆいいつ》の魔石鑑定士《かんてい》であるペルシャ・アイボリーさんだ。

「怪我《けが》はもう大丈夫なのかな？」

目の前で立ち止まった彼女は、僕の体をあちこち見回して心配そうに問いかけた。

「あっ、はい。なんとか」

「そっか、それなら良かった」

非道《ひどう》なモンスター研究を進める集団『モンスタークライム』との一戦から二日。

約束していた次の日になってしまったが、僕は冒険者ギルドのシャルムさんから預《あず》かった魔石の鑑定結果を受け取りに来ていた。

本当だったら昨日のお昼にここに来るはずだったんだけど、僕が寝込んでいたせいでそれは叶《かな》わなかった。

正確に言うと、僕らが戦ったのはモンスタークライムの下部組織『虫群の翅音《インセクターズ》』だ。

結果的に無事だったけど、僕が反省すべき点はたくさんあって、色々と予定変更を余儀《よぎ》なくされた。

というわけで、今日は僕たちがここに来た当初の目的である魔石鑑定の依頼を遅《おく》ればせながら達成しようというわけだ。

「色々、大変だったね」

「い、いえ」

すでに事件の情報を聞いているらしく、ペルシャさんは労《ねぎら》いの言葉を掛けてくれた。

しかし僕は謙遜《けんそん》や遠慮《えんりょ》ではなく、本心から首を横に振る。

大変だったのは事実だけど、それは全部勝手に突《つ》っ走《ぱし》った自分のせいだから。

不意にペルシャさんは僕の頭の上に手を置いた。

心なしか、その表情は悲しげだ。

「ぺ、ペルシャさん？」

「……ごめんね、あたしのせいで。『不正な通り道《ローグパス》』のこととか、あの組織のこととか、中途半端《ちゅうとはんぱ》に教えちゃったから」

確かに僕らは、野生モンスターのレベル変動事件の鍵《かぎ》となった危険なアイテム『不正な通り道《ローグパス》』や、あの組織――モンスタークライムの存在について、彼女から教えてもらった。

組織の名前とか具体的な活動内容については話してもらえなかったけど、僕は、奴《やつ》らの危険性を理解できずに無謀《むぼう》にもそのアジトに乗り込んでしまった。

僕はペルシャさんの憂鬱《ゆううつ》を払うようにふっと微笑《ほほえ》んでみせた。

「ペルシャさんのせいじゃないですよ。僕が悪いんです。何も考えずに、一人で勝手に突っ走っちゃったから」

すると突然……

「キュルキュル！」

と、眼下《がんか》から相棒の鳴き声が聞こえ、僕とペルシャさんは同時に目を丸くした。

腕の中のライムに目を落としてみると、何やら不満げな顔で見上げている。

〝一人で〟というところがお気に召《め》さなかったのかな。

僕はごめんと謝《あやま》るようにライムに笑いかけてから、慌《あわ》ててペルシャさんに視線を戻す。

「と、とにかく、ペルシャさんは悪くありません。全部、僕のせいです。もし仮に、ペルシャさんが組織のことを何一つ教えてくれなかったとしても、きっと自分たちで調《しら》べて、同じ目に遭《あ》っていたと思います。だからそんなに気にしないでください」

「……ルゥ君」

精一杯《せいいっぱい》の笑《え》みをペルシャさんに向けると、彼女は申し訳なさそうにドレスエプロンの胸元をぎゅっと握《にぎ》りしめた。

「そ、それに……あの戦いで、見えたものもありますから」

ダメ押しとばかりに続けると、なぜかペルシャさんではなく、後ろのクロリアがはっと息を呑《の》んだ。

僕はクロリアに目配《めくば》せして、小さく頷《うなず》いた。

あの戦いで、僕はいくつも間違いを犯《おか》してしまった。けど、得られたものだって相応《そうおう》にある。

僕はこれからの戦い方と、目標を見出《みいだ》すことができた。

僕はもっと強くなる。もう誰も失わないように。

その様子から何かを察したのだろうか、ペルシャさんは優しく微笑んで頷いてくれた。

「……そっか」

彼女は穏《おだ》やかな顔で僕たちを部屋の奥へと招き、席を勧《すす》めた。

「二人とも座ってて。すぐに鑑定結果を書いた紙と、預かった魔石を持ってくるから。……それと、せっかくだからちょっとお茶してかない？」

テーブルの上にあった白いポットを持ち上げて、お姉さんは僕たちを甘く誘惑《ゆうわく》した。


香り高い湯気《ゆげ》に包まれた小部屋の中。

僕たち三人は自分の従魔を膝《ひざ》に乗せ、部屋の真ん中に置かれたテーブルについている。

卓上《たくじょう》にはそれぞれのティーカップと甘いお茶菓子。各々《おのおの》それを口に運びつつ、時々従魔にも分け与えながら楽しい会話に花を咲《さ》かせていた。

「ルゥ君はどんな食べ物がお好きなのかな？」

ペルシャさんはニコニコしながらお茶会には欠《か》かせない、何気《なにげ》ない話題を振ってくる。

「食べ物ならなんでも好きですよ。でも強《し》いて挙《あ》げるなら、お野菜ですかね」

僕は甘いお菓子を頬張《ほおば》りながら答える。

するとペルシャさんは、僕の細い腕を凝視《ぎょうし》して、少し意地悪《いじわる》にニヤリと口元を歪《ゆが》めた。

「はぁ～ん、なるほどね。だからそんなに細《ほそ》っちいわけだ」

「そ、そんなに細くはないですよ。身長だってまだ伸びてますし」

僕は腕を隠すように身をよじる。

確かに他の人と比べると、少々肉付きが悪く思えるが、これでもまだ身長は伸びている。

それに、最近は体を動かすことが多かったから、筋肉だってついてきた。

まあ、野生モンスターと一対一でやりあうにはまだまだ不十分だけど。

「で、おさげちゃんは？」

「えっ⁉」

話を振られるとは思っていなかったのか、黒髪おさげのクロリアは、びくっと肩を揺らす。

なぜか彼女は僕と同じように身をよじり、頬《ほお》を赤らめながら答えた。

「わ、私は……お肉、ですかね？」

そこでペルシャさんの目が猫のようにギラリと光り、熱い視線を〝ある一点〟に集中させた。

「ははぁ〜ん、どうりでねぇ」

「……」

ペルシャさんに釣《つ》られて、僕もクロリアの胸元を見てしまう。

だが、クロリアはすかさず僕の方を睨《にら》みつけたので、瞬時《しゅんじ》に顔を背《そむ》けた。

そういえばクロリアはいつもたくさん食べるなぁ――と、無理やりに思考を逸らそうとしている間にも、後ろからペルシャさんの声が聞こえてくる。

「お姉さんはそんなに恵まれてないからねぇ。あたしもお肉食べようかなぁ」

「……」

早く話題を変えなければ、と思ったのはクロリアも同じだったようで、彼女は軽く咳払《せきばら》いして空気を変えた。

「こほん。と、ところで……」

「んっ？」

「こうしてわざわざお茶会を開いたということは、私たちに何か話したいことでもあったんじゃないですか？」

「えっ？　ただ二人とお喋《しゃべ》りしたかっただけだよ」

「そ、そうなんですか？」

「うん！」

ペルシャさんは屈託《くったく》のない笑みを浮かべて大きく頷いた。

やっぱり……

これまでの言動《げんどう》を見ていれば、彼女はそういう人物だと分かる。

特に深い理由がなくても僕たちをお茶に誘ってくれる人だ。

「あっ、でも、ちょっと二人に伝えておくべきことがあるのも事実かな」

彼女はそう言って突然、何かを思い出したように真顔《まがお》に戻った。

「えっ？　それって……」

ペルシャさんは緊張感を和《やわ》らげるために膝の上に寝かせた猫の従魔――シロちゃんを数回撫でてから、おもむろに口を開いた。

「『不正な通り道《ローグパス》』について」

「――っ⁉」

僕もクロリアも、思わず言葉をなくして固まってしまった。

『不正な通り道《ローグパス》』――使うだけでモンスターのレベルを上げられる夢のアイテムと謳《うた》われているが、実際は副作用満載《まんさい》で猛毒《もうどく》と言っても差《さ》し支《つか》えない代物《しろもの》だ。

僕たちにとっては、因縁深《いんねんぶか》いアイテムである。

ペルシャさんによれば、その実態はいまだ解明《かいめい》に至《いた》っておらず、対策にも手をこまねいているという話だったけど。

彼女は、楽しいお茶会の空気に水を差してしまったことを申し訳なく思ったのか、改めて問いかけてくる。

「この話、聞く？」

言い知れぬ不安を払うために膝上の相棒に手を触《ふ》れる。

顔を見合わせてクロリアの意思を確認した僕は、ペルシャさんに頷き返した。

「お願いします」

ペルシャさんは〝うん〟と小さく頷くと、活発な普段の様子からは考えられない優美《ゆうび》な手つきでカップを手に取る。

そしてお茶を一口含んで、喉《のど》を湿《しめ》らせてから話を始めた。

「モンスタークライムの『虫群の翅音《インセクターズ》』が牢獄《ろうごく》送りになったことは知ってるよね？」

「は、はい」

「そのうちの一人が、あの『不正な通り道《ローグパス》』を持ってたらしいんだよ」

そういえば僕とライムが奴らのアジトに踏《ふ》み込んだとき、奴らはちょうど『不正な通り道《ローグパス》』の実験中だったはず。

結果的に僕らは、小鹿型モンスターのベビールージュにそれが投与《とうよ》されるのを防いだ。

『虫群の翅音《インセクターズ》』のリーダーのビィは『不正な通り道《ローグパス》』を持ったまま捕《つか》まったのか。

「事前に判明していた情報のとおり、『不正な通り道《ローグパス》』は魔石加工品の一つらしいんだよね。形は小さな球状。どんな魔石が使われているかは、『虫群の翅音《インセクターズ》』の連中も知らないみたい」

途中で卓上の小皿からお茶菓子を一つ摘《つま》んでシロちゃんにあげながら、ペルシャさんは話を続けた。

「モンスターに与えるだけでレベルが上昇する。それ以外のことは何も知らされていないし、調べようとも思わなかったみたい。だから奴らから何かを聞いて、『不正な通り道《ローグパス》』の治療薬《ちりょうやく》を作るのは不可能だってさ。……この街で二人が暴走《ぼうそう》を止めたっていう獣種のミークベア、覚えてる？」

「は、はい」

「あの子も『不正な通り道《ローグパス》』を投与されたせいで、今は暴走状態にある。治療薬も作れないから、しばらくは預り所の鉄格子《てつごうし》の中に入れておくってさ」

「……」

僕は主人と引き離《はな》され、鉄格子の中で苦しそうに——あるいは悲しそうに吠《ほ》え続けるミークベアを思い、唇《くちびる》を噛《か》んだ。

ペルシャさんはそんな僕に慰《なぐさ》めの言葉を掛けてくれた。

「別に、ルゥ君が気にすることはないよ。『不正な通り道《ローグパス》』は投与された後だったわけだし、ミークベアを最小限の被害《ひがい》で止められたのは君たちのおかげなんだから。あの場に居合わせた人たちはみんな、スライムテイマーなのに本当にすごい、よく頑張《がんば》ってくれたって褒《ほ》めてたらしいよ」

「い、いえ……」

「それにね……。ルゥ君たちがそこから、『虫群の翅音《インセクターズ》』の尻尾《しっぽ》を掴んで、捕まえてくれたおかげで、モンスタークライムの内部構成もある程度明らかになった。これは本当に大《おお》手柄《てがら》さ」

「「えっ⁉」」

その知らせには僕のみならず、クロリアも驚《おどろ》きの声を上げた。

モンスタークライムの内部構成まで判明しただなんて、あの戦いには自分でも思った以上の成果があったみたいだ。

「どうも奴らは同種のモンスターを持つ者同士で固まる傾向が強いみたいね。昆虫《こんちゅう》種の従魔を従《したが》えているテイマーで構成された、『虫群の翅音《インセクターズ》』。他にも、獣種の従魔持ちが集まった『獣列の闊歩《ビーストライド》』。爬虫《はちゅう》種の『双蛇の威嚇《サーペントデュオ》』なんてパーティーもあるらしい。他にもまだたくさんあるって話さ」

「他にも、たくさん……」

これには絶句《ぜっく》せざるを得なかった。

クロリアも同様の衝撃《しょうげき》を受けたのだろうか、一度唾《つば》を呑み込んでから質問を投げかけた。

「そんなに、モンスタークライムという組織は大きいんですか？」

「うん、だろうね。奴らはパーティーごとに独自《どくじ》に行動する傾向があるみたいだから、組織の全体像は掴みづらい。最悪の場合、モンスターの種族の数だけ、そういうパーティーがあると考えた方がいいかも」

背筋《せすじ》が凍《こお》りつきそうな予想を口にしたペルシャさんは、再びティーカップに口を付けた。

僕もクロリアと同様に疑問を口にする。

「どうして奴らは、同種で集まるようなことをしているんでしょうか？」

「さあ？　でもまあ、同種のモンスター同士なら互《たが》いに手の内が分かる分、連携《れんけい》が取りやすいし、何より技《わざ》が嵌《はま》れば強力だからね。そういう意味もあって団体行動をとってるんじゃないかな」

ペルシャさんの説は、なかなか説得力があった。

ビィは仲間と連携するなんて考えをまるで持ってはいなかったけど、それは僕とライムを軽視《けいし》していたからかもしれない。

あの恐ろしい敵との戦いを思い出し、僕は密《ひそ》かに敗北の味を噛みしめる。

その微妙《びみょう》な空気の変化を察したのだろうか、ペルシャさんがにこやかな様子で言った。

「それに……同じ種のモンスターっていうのは引かれやすい。その主人たちも同様に、気が合うみたいだよ」

ペルシャさんは僕とクロリア両方を左右の手で指差した。

彼女はその指を次第に近づけていき、意味ありげにピタリとくっつけた。

実際、初めて僕たちが会ったときに、僕がライムを抱《かか》えていたからこそ、クロリアは話しかけてきてくれたんだと今でも思っている。

そういう意味では僕もその説には同意なんだけど……なんだかペルシャさんの言い方には別の意味が込められていそう。

本当にこの人は、僕たちをからかうのが上手《じょうず》だと、改めて実感した。

この恥《は》ずかしい空気に堪《た》えかねたのか、クロリアが僕から目を逸らしたまま素早く立ち上がる。

「そ、その……お茶、とっても美味《おい》しかったです！　ご馳走様《ちそうさま》でした！　わ、私とミュウは先に出て外で待ってます！」

そう言い残し、黒髪おさげの少女はぴゅーっと飛ぶような勢いで魔石鑑定所ペルシャスタジオを後にした。

ペルシャさんはそんなクロリアの様子を見て〝にゃははは〟と愉快《ゆかい》そうに笑う。

本当なら僕も早急《そうきゅう》にこの場から逃げ出したいくらいなのだけど、そうもいかない。

僕は気まずい思いをしながらペルシャさんの笑いが収まるのを待った。

ほどなくしてペルシャさんは表情を戻し、話を終わらせる。

「あたしが事件後に聞いた話はこれくらいだよ。ちょっとばかり情報が少なくてごめんね」

「い、いいえ。とても参考になりました」

手を合わせて申し訳なさそうにウィンクするお姉さんに、僕はかぶりを振って応《こた》える。

情報が少ないなんてとんでもない。むしろこの人は、いったいどういう情報網《じょうほうもう》を持っているのか、そちらの疑問の方が大きくなっていくばかりである。

彼女は、〝少し待っててね〟と言って立ち上がると、部屋の奥へと姿を消してしまう。

すぐにテーブルに戻ってきた彼女の手には、大きな袋《ふくろ》が下げられていた。

「ほい、ご依頼の鑑定、きちんと完了いたしました」

「えっ……？　あっ、はい、ありがとうございます」

半《なか》ば本来の目的を忘れかけていた僕は、一瞬戸惑《とまど》ってから慌ててそれを受け取る。

鑑定依頼を出していた、グロッソ周辺の魔石だ。

かなり重たいその袋の中には鑑定結果を書いた紙も入っていて、これで彼女への依頼は完了ということになる。

僕はギルドから預かった鑑定料を支払った。

「まいど！」

「あ、お茶とお菓子、とっても美味しかったです」

僕がそう付け加えると、ペルシャさんは嬉《うれ》しそうに顔を綻《ほころ》ばせて、お姉さんらしい眼差《まなざ》しを向けた。

「にゃはは、そりゃどうも。『虫群の翅音《インセクターズ》』のリーダーが捕まったとはいえ、くれぐれも、モンスタークライムには気を付けてね」

ペルシャさんは改めてそう忠告《ちゅうこく》してくれた。

「はい」

僕は魔石入りの袋を背中のカバンに仕舞《しま》いながら、真剣な表情で頷いた。

話をしてくれたペルシャさんに迷惑《めいわく》を掛けないためにも、モンスタークライムには気を付けるつもりだ。

「では、僕はこれで」

名残惜《なごりお》しさは感じながらも、僕はライムを抱えて一歩を踏み出す。

外でクロリアも待っているんだし、もう少しお話をしていたいなんて甘えたことを言ってはいけない。

何より、長居《ながい》したらペルシャさんの商売の邪魔《じゃま》になる。

僕は寂しさを紛らわすように、相棒を強く自分の身に引き寄せた。

そこに——

「ちょっと待って！　あっ、えっとぉ……」

不意に後ろから呼びかけられた。

振り向くと、魔石鑑定士のお姉さんは、何か言いたげな様子で中途半端にこちらに手を伸ばしていた。

気まずいというか恥ずかしそうに目を逸らし、それでも僕たちを引き止めるように白くて細長い腕を伸ばしている。

若干《じゃっかん》頬が赤らんでいて、反対の腕では僕と同様に自分の従魔をぎゅっと抱き寄せているのも可愛《かわい》らしい。

無性《むしょう》にからかってみたい衝動《しょうどう》に駆られたものの、僕はなんとかその気持ちを押しとどめた。そして、彼女の羞恥《しゅうち》心に触れないように、至って事務的な発言をする。

「あの、追加で魔石鑑定の依頼をしてもいいですか？　お代は後払いで」

そう言って、僕は手持ちの魔石をいくつか彼女に手渡す。

「えっ……？」

ペルシャさんはきょとんと目を丸くしていたが、少しの間を置いて、はっとなった。どうやら、僕の意図を理解したらしい。

つまりこれは再会の約束。

いずれ鑑定結果を聞きにこの街に戻ってきて、ペルシャさんに会いに来るという約束だ。

彼女は猫耳のおもちゃをピコピコ揺らし、頬が緩まないように口元をもにょもにょさせている。

彼女の意外な一面を見て、僕は思わずくすっと小さな笑い声を漏《も》らしてしまう。

「むむっ……なるほど、そうやっておさげちゃんも落としたわけか？」

魔石鑑定士のお姉さんは、少し頬を膨らませながらぼそっと呟いた。

「はいっ？」

「うんにゃ、なんでもない。魔石鑑定の依頼ね。りょーかいしました」

心なしか素《そ》っ気《け》ない感じでそう言うと、ペルシャさんは机《つくえ》の引き出しを漁《あさ》りはじめた。

たぶん依頼内容をまとめる紙を取り出そうとしているのだろう。

そんな彼女の後ろ姿を見ながら、僕は考える。

おそらくここを訪ねるお客さんは、ベテランの冒険者か生産系の職業についている人たちばかりなんだと思う。そんな中、僕とクロリアは久しぶりに来た年下のお客さんで、たぶん弟や妹のような存在に見えたんじゃないだろうか。

いずれにしても、久しぶりに来た絡《から》みやすいお客さんだったことは間違いない。

だからこそ、こうしてお茶に誘ってくれたり、時々からかったりしてくれるんだ。

きっとペルシャさんも、僕と同じような気持ちになったんじゃないかな。

そうだったらいいなぁ……

なんて思っていると、振り向いたペルシャさんと目が合う。

書類を差し出す彼女はどこか悔《くや》しそうにむっとしていて、それでいて頬っぺたが赤くなっているような気がした。

2

「二人とも、ご苦労だったな」

「「い、いえ」」

クールな赤髪の女性ギルド職員――シャルム・グリューエンさんの労いの言葉に、僕とクロリアは少しばかり緊張をにじませて応える。

久しぶりに戻ってきたグロッソの街は、テイマーズストリートには及《およ》ばないながらも相《あい》変《か》わらず賑《にぎ》わいを見せていた。

テイマーズストリートを旅立ってから三日。

僕たちは無事にグロッソの街まで帰ってきて、ようやく魔石運びの依頼を完了させることができた。

日数にしてみれば二週間も経《た》っていないのに、一ヵ月は働いたような感覚がある。

ともあれ、これで依頼達成。僕とクロリアは報酬《ほうしゅう》の五万ゴルドを受け取った。

なんだか割に合わない気もするけど、仕事量が増えたのは全部自分のせいなので、何も言うまい。

心中で不平を漏らしていると、シャルムさんが従魔たちにも労いの言葉を掛けてくれた。

「お前たちも、ご苦労だったな」

「キュルキュル」

「ミユウミユウ」

頭上で嬉しそうに揺れるライムをちらりと見ながら、僕は疲れから可愛げのない一言を口にする。

「まあ、ただ魔石を運んだだけですけどね……」

するとシャルムさんは肩をすくめて、呆《あき》れ笑いを浮かべる。

「私が言ったのは、そちらのことではない」

「……？」

「もちろん、依頼の方もだが、私が言いたかったのは〝組織〟のことだよ」

「あ、あぁ……そういうことですか」

ギルドの情報網のおかげだろうか、シャルムさんはすでに向こうで起きたモンスタークライムとの事件について把握《はあく》しているらしい。

まあそれこそ自業自得《じごうじとく》なので、労ってもらえる立場にないのは自覚している。

……なんて思っていたら、目の前のシャルムさんは頭を下げた。

「大変なことに巻き込んでしまい、申し訳なかった」

「な、なんでシャルムさんが謝るんですか⁉　勝手に首を突っ込んだのは僕の方なのに」

「いや、それでも謝らせてくれ。君の性格なら、事件の詳細《しょうさい》を知れば当然止めに入ることは予想できた」

「……？」

「とにかく、本当に申し訳なかった。ギルドの職員としても、一人の人間としても責任を取るつもりだ。私にできることがあるならなんでも言ってくれ」

「「ええ⁉」」

なぜかクロリアは僕以上に大きな驚きの声を上げた。

まあこの場合だと、クロリアもシャルムさんの謝罪《しゃざい》と償《つぐな》いの対象になるわけだから、びっくりするのも頷ける。

けど、大人の女性に〝なんでも言ってくれ〟と言われてドキッとするのは、男の子の特権のはず。

言葉のインパクトのせいか、ついつい僕は〝じゃあ、一回デートしてください！〟なんて返事をしたらどうなるか……と想像してしまう。

しかしその瞬間――

「……っ！」

背中に突き刺さるような視線を感じた。

それだけは口にしてはいけないような気がする。

冷や汗を流し、僕はやむなく至って紳士《しんし》的なお願いでこの場を切り抜けることにした。

「じゃ、じゃあその、依頼を紹介してもらえませんか？」

「……依頼？」

「は、はい。銅級《ブロンズ》でも受けられて、なるべく稼《かせ》ぎのいい依頼を」

シャルムさんはギルドの職員として責任を取ると言ったんだから、そちらのお願いをするのがこの場に相応《ふさわ》しい。

しかし彼女は、僕がなぜそんなことを言い出したのかと不思議に思っているらしく、しばし首を傾《かし》げてこちらを見据《みす》えていた。

髪色と同様、クールな赤眼に見つめられた僕は、思わず目を逸らしてしまう。

そして気恥《きは》ずかしさを誤魔化《ごまか》すように、お願いの意図を話した。

「僕たち、いずれテイマーズストリートに拠点《きょてん》を移そうと考えているんです。そのための資金集めと言いますか、貯金《ちょきん》くらいはしておこうかなぁ、と」

ちらりと振り返ると、クロリアは無言で頷いて僕の言葉に同意してくれた。

拠点を移す話は、グロッソの街に帰って来る間に彼女と相談したことだ。

理由は色々ある。

まずテイマー関連の施設《しせつ》の規模《きぼ》が他の街とは違う。便利だし、テイマーとして成長するならあそこが一番と決まっている。活気ある街の雰囲気《ふんいき》も僕好《ぼくごの》みだ。

それに、ペルシャさんとの約束もあるから。

とは言うものの、拠点移動は良いことばかりではない。

あそこにある冒険者ギルドは本部。依頼のほとんどが難易度《なんいど》の高い銀級《シルバー》以上のものになっている。もちろん、銅級《ブロンズ》の依頼が一つもないわけではないけど、なんの備《そな》えもなしに行けば、受けられる依頼がなくて生活に困るのは目に見えている。

だからこその貯金だ。

シャルムさんは、そんな僕の考えを分かってくれたのか、柔《やわ》らかい笑みを浮かべていた。

しかしそれは、すぐに呆れ笑いに変わってしまう。

「……無欲だな」

「えっ？」

「いや、なんでもない」

むしろ今のお願いは、金銭欲にまみれた超絶《ちょうぜつ》欲深いものだった気がするけど。

今度は反対に僕が首を傾げていると、シャルムさんは受付の引き出しを漁って数枚の紙を取り出した。

どうやら依頼内容が書かれた用紙のようだ。

彼女はカウンターの上にそれらを広げて一枚一枚吟味《ぎんみ》した後、小さくため息を吐《つ》いて肩を落とす。

紹介できそうなものが見つからなかったのかもしれない。

次いで彼女は、なんとなくといった感じで壁に備え付けられた掲示板に目をやった。

話題の情報や急募《きゅうぼ》の依頼などが貼《は》りだされている、誰でも閲覧《えつらん》可能な掲示板で、主に冒険者からは『クエストボード』と呼ばれている。

「銅級《ブロンズ》でも受けられて、なるべく稼ぎのいい依頼だったな」

「……はい」

シャルムさんはしばらく掲示板とにらめっこしてから、小さく頷いて僕たちに視線を戻した。

シャルムさんの艶《つや》やかな唇が魅惑《みわく》的に緩んでいるのを見て、僕は自然と身構えてしまった。

期待する反面、ちょっと怖い気持ちも湧いてくる。

そして彼女は、男心をくすぐる色《いろ》っぽい笑みを浮かべて、その依頼内容を僕たちに教えてくれた。

「〝エリア探索《たんさく》〟なんてのはどうだ？」

野生モンスターが出現する地域を、モンスターの強さや特性に応じて区分したもの――

それがエリアだ。

草原、森、砂漠、火山、遺跡《いせき》など、様々なエリアがある。

乱暴に言えば、野生モンスターが出現する地域はなんらかのエリアに組み込まれていると考えていい。

エリアごとに出現するモンスターは異なり、そのエリアの特色が顕著《けんちょ》に表れるとされている。もちろん、モンスターの強さ――ランクにも、エリアごとに大きな差がある。

EやFといった低ランクモンスターのみのエリアや、CやBといった高ランクモンスターが大量に出没《しゅつぼつ》するエリアまで。

その危険性に応じて、エリアにもランクが定められている。

未知の領域《りょういき》に入るときはこのランクを目安にするのが、テイマーとしての常識だ。

「エリア探索……ですか？」

「あぁ」

どんな依頼内容だか想像がつかないな。それに、なぜそれが儲《もう》かるのかも。

けれど、正確無比《せいかくむひ》な仕事っぷりのシャルムさんが言うのだから、間違いはないのだろう。

とりあえず、僕たちは黙《だま》って説明を聞くことにした。

「普段、君たち冒険者は、討伐《とうばつ》をはじめとした依頼をこなしながらモンスターの魔石やそこらに落ちているアイテムなどを集めて換金《かんきん》するだろう？　エリア探索というのは、言ってしまえば魔石やアイテム採取《さいしゅ》をメインにするということだ」

「は、はぁ……」

鈍《にぶ》い返事をしながらも、僕は心の中で密かに納得する。

確かにそれなら、銅級《ブロンズ》の僕たちでも問題なく参加することが可能だ。

エリアに入るのは自己責任であり、その成果もまたすべて自分のものにできる。

でも……

「それが今、僕たちが一番稼げる依頼なんですか？」

その疑問だけはどうしても払拭《ふっしょく》できないので、生意気《なまいき》にもそう聞いてみた。

僕はまだ村を飛び出したばかりの新人冒険者だ。『虫群の翅音《インセクターズ》』のアジトがあった『クリケットケージ』という昆虫エリアを除けば、E、Fランクのエリアにしか入ったことがない。

そんな低ランクエリアで手に入る魔石やアイテムを換金しても、その日の食費になるかならないかの金額だ。常時金欠の僕たちは、いつもそのことで頭を抱えている。

「まあ、ピンと来ないのは当然だと思う。エリア探索はいわばサブの依頼――ついでのようなものだからな。報酬の低さが何よりそれを物語っている」

しかし彼女は前屈《まえかが》みになり、受付カウンター越《ご》しに顔を近づけて、声を落として続けた。

「……だが、それが今一番稼げる」

「えっ……？」

「最近の野生モンスターのレベル変動が原因で、魔石の換金レートにも混乱が生じているのは知ってのとおりだ」

「は、はい」

「今回ペルシャから受け取って来てもらったこの鑑定結果をもとに、モンスターの強さと魔石の換金レート、それからエリアのランクを再設定する予定でいる。……で、ここからが本題だ」

僕たちが持ち帰った鑑定結果の用紙をひらひらさせて、シャルムさんはにやりと小悪魔的に笑った。

「再設定する予定でいる――ということは、今はまだ新しいランクは定められていない。注意勧告《かんこく》して立ち入りを制限する程度の対策しかとられていないのだ。そこで……」

「……？」

「エリア内のアイテムを、今のうちに大量に抱え込んでおけ」

「えっ？　それってつまり……」

彼女は口元に手を当てて、内緒話をするように続けた。

「じきにこの辺りのエリアのランクも高く設定され、そこで取れるアイテムの価値も向上する。そのタイミングで換金すれば、今よりはるかに高い報酬を得ることができるぞ。おそらく、銀級《シルバー》依頼の報酬に相当する額だ」

「シッ——銀級《シルバー》!?」

思わず目眩《めまい》を覚えたが、寸前で持ちこたえて、高鳴《たかな》る心臓《しんぞう》を鎮《しず》めながら問いかけた。

「そ、それって、犯罪なんじゃ……」

「別に、罪に問われるようなことはない。換金価値が上がると予想した物を、事前に確保しておくだけのことだ。それに、実際にエリア内のモンスターたちは格段に強くなっているから、相応の実力がなければ実行不可能。近々ランクが再設定されてアイテムの価値が上がることに気が付いていても、力不足で手を出せずにいる冒険者だっているのだ。実力と推測《すいそく》がすべて。何が悪い？」

「……」

ごもっともな意見を聞かされて、僕は言葉をなくしてしまう。

だけど複雑な思いが消え去ることはなく、思わず口元をもにょもにょとさせた。

確かに罪に問われることじゃないのかもしれないけど、今の悪環境を利用しているみたいで、ちょっとばかり気が引ける。

でも、相応の危険が付いて回るのだから、当然の見返りか？

などと悶々《もんもん》と思い悩《なや》んでいると、シャルムさんが取り繕《つくろ》うように曖昧《あいまい》な笑みを見せた。

「まあ、その……無理強《むりじ》いするつもりはない。言わばこれは裏道《うらみち》。自慢できるような方法ではないからな。君たちが気乗りしないのならば、私が担当している高額報酬の依頼を優先して回そう」

いつも真面目《まじめ》に仕事に取り組んできたシャルムさんが、珍《めずら》しく口を滑《すべ》らせて悪知恵《わるぢえ》を吹き込んだ。それを必要以上に気にしている姿を見て、ついくすっと小さな笑いが漏れてしまう。

次いで僕はかぶりを振り、笑顔で返した。

「いえ、せっかく教えてもらったことですし、やってみようと思います、エリア探索。ねっ？　クロリア」

「えっ？　あっ、はい」

突然話を振られたクロリアは慌てて頷いた。

僕たちが断《ことわ》ると思っていたのか、シャルムさんは一瞬目を丸くした後、安堵《あんど》の息をついた。

「……そうか」

魔石運びの依頼で僕たちをモンスタークライムと接触《せっしょく》させてしまったことへの償いと

して、シャルムさんはとっておきの高報酬の依頼を紹介しようと奮起《ふんき》してくれた。

それは悪いことではないのだし、モンスタークライムの件も彼女が気にすることではない。

シャルムさんにはいつもどおり笑っていてほしい。

僕がエリア探索の依頼を承諾《しょうだく》すると、シャルムさんはギルド職員として助言をしてくれる。

「おすすめ、というわけではないが、もしエリア探索をするならば、『フローラフォレスト』がいい。この街からも近いし、あそこで取れる花は元々高価値だからな」

「は、はい。なら、そうすることにしま……す？」

途中で言葉を詰まらせた僕は、根本的なことに気づいて聞き返した。

「あの、フローラフォレストってどこですか？」

「んっ、そうか、君たちはそもそもこの街の住人ではなかったな。フローラフォレストというのは、ここから東にある森――君たちが冒険者試験を行なったあの森だよ」

僕とクロリアは同時に〝あぁ〟と納得の声を漏らす。

冒険者試験で、『マッドウルフの魔石』と『フェイトの花』という二つのアイテムを取りに行った場所だ。

冒険者になってからも、ウィザートレントという樹木型モンスターの討伐依頼で赴《おもむ》いたこともある。

なんとなく〝東の森〟なんて味気《あじけ》ない名前で呼んでいたけど、フローラフォレストという綺麗《きれい》な名前が付いていたとは、全然知らなかったなぁ。

「試験のときに取ってきてもらった『フェイトの花』もそうだが、他にも高価値で希少《きしょう》なアイテムが存在する。その一覧《いちらん》を渡しておくから、なるべくその中のアイテムを取ってくるといい」

「は、はい。何から何までありがとうございます」

そう言ってシャルムさんは席を立ち、受付の奥から一枚の紙を手にして戻ってきた。

フローラフォレストで取れるアイテムの一覧表。

それを受け取り、そして採取するアイテムにある程度の目星《めぼし》を付けると、僕たちはさっそくエリア探索に出発しようと立ち上がる。

テイマーズストリートでの夢の生活のために、いざ出陣《しゅつじん》。

その一歩を踏み出しかけたとき、不意にシャルムさんの声が背後から聞こえた。

「気を付けるんだぞ」

「えっ？」

「あの森は、試験当時はEランクエリアだったが、今では間違いなくDランク以上のエリアだ。今の君たちの実力なら問題ないと確信しているが、マッドウルフやウィザートレントなど、以前戦った敵は比べものにならないほど強くなっていると思え。だから……」

「油断するな、ってことですね」

「……あぁ」

神妙《しんみょう》な面持《おもも》ちで頷き返してくれるシャルムさん。

他の冒険者たちが二の足を踏んでいるこのエリアの探索のことを、躊躇いもせず僕たちに教えてくれた時点で、実力を疑《うたが》われていないのは分かっている。

それでも自分が担当している新人冒険者の安否《あんぴ》となれば、心配になって当然だ。

何が起こるか分からないし、僕たちは高ランクエリアでの経験が皆無《かいむ》なのだから。

僕はシャルムさんに不安を与えないように、曇《くも》りのない笑みを浮かべて口を開いた。

「心配には及びません。それに……ちょうど強い相手と戦ってみたいと思っていたところですから」

その言葉に同調するように、頭上のライムが〝キュルル！〟と可愛らしい鳴き声を上げた。

＊＊＊＊＊＊

基本的に、エリアのランクは人里から離れるほど高く設定されている。逆に言えば、村や街に近いエリアほど、ランクは低い。

今まで遠征《えんせい》らしい遠征はおろか、ろくに依頼の数もこなしていない僕らは、当然のごとく近場《ちかば》の低ランクエリアにしか入ったことがない。

そんな中でいきなり到来した、Dランクエリア挑戦のチャンス。

従来《じゅうらい》のランク設定のパターンをぶち壊《こわ》し、街のご近所にあった森が、Dランクまで成長してしまった。

この機を逃《のが》すわけにはいかない。

報酬獲得《かくとく》の目的もあるけれど、何より僕の——僕たちの成長のためになる。

「「グルゥウゥ！」」

薄暗い森の中に、野太《のぶと》い獣の唸《うな》り声が響き渡る。

数は三つ。全身の黒い毛を針のように逆立てて、鋭《するど》い眼光《がんこう》でこちらを睨みつけている。

マッドウルフ、Dランクモンスター。

かつて冒険者試験のときに対峙《たいじ》したそのモンスターと、僕たちはぶつかり合う。

「ライム、体当たりだ！」

「キュルキュル！」

まずはライムが先行する。

横一列に並んだマッドウルフの真ん中の一匹を狙《ねら》い、勢いよく飛びついた。

しかし黒狼は余裕を持ってそれを躱すと、ライムを取り囲むように三角形の陣《じん》を組む。

初手《しょて》は様子見《ようすみ》、なんて考えていたけど、今の攻防だけでマッドウルフたちはかなり強くなっているのが分かった。シャルムさんが言ってたとおりだ。

モンスタークライムとの一戦を経《へ》て、ライムはレベル２０（ミドルライン）に到達した。

そのライムの攻撃をあっさり躱すだなんて、冒険者試験当時のマッドウルフとは明らかに違う。

その推測を肯定《こうてい》するように、一匹の黒狼が牙を剥き出してライムに襲《おそ》い掛かった。

「グルァ！」

ライムはそれを回避して反撃を試みるけど、間髪《かんはつ》を容《い》れずに次の黒狼が飛び掛かってきて難しい。

『不正な通り道《ローグパス》』の影響で強くなっているマッドウルフを、ライムだけで三匹同時に相手にするのは不可能だ。

だからこそ、いい実験になる。

僕は小さく息を吐き、左腰に帯《お》びた木剣《ぼっけん》に手を伸ばした。

カラカラと特有の音を発しながら抜刀《ばっとう》すると、すかさずライムと黒狼が交戦しているところに飛び込んでいく。

上段に構えた木剣を、ライムを取り囲む一匹に振り下ろした。

「う……らぁ！」
気合《きあい》を上げながら放った一撃は、当然のことながら避《よ》けられて、虚《むな》しく空《くう》を切る。
しかし、一匹が飛び退《の》いてくれたおかげで隙間《すきま》ができた。
ライムはそこから抜け出してくる。
僕は相棒と共に後ろに下がり、三対二の構図に戻った。
しかし、怒りの咆哮とともに一匹が弾《はじ》かれるように駆け出してくる。
――速いっ⁉
驚いたのも束《つか》の間《ま》、すでに黒狼はライムに噛みつくべく跳躍《ちょうやく》していた。
僕は瞬時に両者の間に割って入る。
木剣を横に倒し、盾《たて》のようにしてそれを構えた。
ここからが、僕たちの新しい戦いだ。
ガツッ！　と音を立てて、木剣の腹に黒狼が噛みつく。
その重さで手に痺《しび》れを感じながらも、僕は奥歯を噛みしめて両足を踏ん張る。
そこそこ丈夫なはずの木剣がギリギリと軋《きし》んで、悲鳴を上げる。
しかしその程度で済んだのを確認すると、黒狼を振り払うように木剣を振り上げた。
はずみで歯が外《はず》れ、マッドウルフが宙に浮く。
すぐさま僕は素早くしゃがみ、背後に隠れていたライムがぴょんと跳ねた。

「【限界突破《リミットブレイク》】！」

「キュルル！」

頭上を通り過ぎざま、ライムが赤熱《せきねつ》したように赤く染《そ》まる。

そして空中で身動きが取れないマッドウルフに、ドンッ！　と全力の体当たりをお見舞いした。

〝ギャンッ！〟と大きな悲鳴を上げて吹き飛んだ黒狼は、はるか後方の大木に激突《げきとつ》し、その根元にパタリと落ちた。

予想以上に連携が上手《うま》くいき、僕はライムと笑みを交《か》わす。

しかし、仲間をやられて怒りを覚えた残りの二匹が、一斉にこちらに向かって走り出してきた。

二匹とも僕を狙っている。

しかし今度はライムが間に割って入って、一匹の動きを止めた。

もう片方のマッドウルフを僕が相手にし、無理やり一対一の構図に持っていく。

これなら相手に連携をとられる心配はないし、単体相手なら【限界突破《リミットブレイク》】を使ったライムの方が上だ。

僕が木剣で牽制《けんせい》してなんとか一匹を止めていると、後ろからズシンッ！　と衝撃《しょうげき》音が聞こえてきた。

どうやらライムがもう一匹のマッドウルフを大木に吹き飛ばしたらしい。

さすがライム、と心中で賞賛《しょうさん》の声を送りながら、相棒に負けじと僕も突っ込む。

けれど、やはり人間とモンスターとでは力の差がありすぎる。

木剣を避けられ、目眩《めくら》ましにと足で蹴《け》り上げた泥《どろ》も回避されて、打つ手がなくなってしまった。

しかし、この一瞬の隙を生んだだけでも、僕にしては上出来《じょうでき》だ。

黒狼の後方から、赤い影が迫《せま》る。

僕に気を取られていたばかりに、マッドウルフは後ろからのライムの接近を許してしまった。

ドンッ！　と鈍い音が薄暗い森の中に響き、枝葉《えだは》がガサガサと踊《おど》り狂った。

ようやくこれで、三匹のマッドウルフは、皆ライムの攻撃で魔石へと姿を変えたのだ。

長《なが》らく続いていた緊張を解《と》いて、僕は深く息を漏らす。

木剣を左腰の鞘《さや》に戻すと、体が赤いままのライムを頭に乗せて振り返る。

そこには笑顔でパチパチと拍手《はくしゅ》をする、クロリアの姿があった。僕と同じく、ミュウを頭の上に乗せている。

「お見事です！　ルゥ君、ライムちゃん！」

「ミュミュウ！」

「ありがとう、二人とも」

「キュルキュル！」

僕たちは笑顔で手を打ち合わせた。

戦闘後の僕と同じくらい、クロリアの手が熱い。きっと僕たちの戦いをハラハラとした気持ちで見守っていたからだろう。

無茶なことをしたと内心で反省しながら、マッドウルフの魔石を回収する。

その最中、クロリアがため息まじりにこぼした。

「戦いの前に〝僕とライムだけでなんとかするから〟と言われたときは何事かと思いましたけど、今の連携を試《ため》してみたかったんですよね、ルゥ君」

「うん、そうだよ」

僕は三つの黒い結晶《けっしょう》をポーチに仕舞いながら頷いた。

僕がそう言ったのは、何を隠そう、新しい戦い方を試してみたかったからである。

「僕が敵の攻撃をいなして、その隙にライムが攻撃する。今まで全部ライムに頼りっきりだったから、少しでもライムのサポートができたらいいなと思ってさ。これなら、一緒に戦えるし」

僕は左腰の木剣に手を当てながら言う。

僕にできることなんて、本当に限られている。

その中の一つとして、敵の攻撃を受ける役になれないかと考えたのだ。

ビィと直接戦ったとき、互いの実力差はそんなにかけ離れていないと感じた。

しかしBランク以上の従魔が持つ、アビリティなる特殊な力のせいで、勝敗が逆転《ぎゃくてん》してしまったのだ。

改めてテイマーとしての実力不足を痛感《つうかん》させられた。

もっと戦術の幅《はば》を広げられないかと思って考えついた作戦が、この戦法。

僕が敵の攻撃を〝弾き《パリィ》〟し、すかさずライムと〝交代《スイッチ》〟する。

これこそが僕たちの新しい戦い方。

いつも今みたいに上手くいくとは限らないけれど、確かな手ごたえを感じて頬が緩む。

それを見て、クロリアがなんだか感慨深《かんがいぶか》そうに呟いた。

「新しい戦い方を、見つけたんですね」

「……うん。って言っても、本当に小さな前進だけどね」

苦笑《くしょう》まじりにそう返すと、彼女はくすくすと笑った。

小さな前進。たとえ新しい戦い方を見出《みいだ》したとしても、それで僕たちが急激に強くなるわけじゃない。

この戦法が通じる相手は限られている。

さっきのマッドウルフみたいに、僕の体でも受け止められるくらいの、そこまで力が強くないモンスター、もしくは攻撃が単調《たんちょう》な敵にしか通用しない戦い方だ。

それでも、こうしてライムと一緒に戦えるようになったのだから、小さくても前進は前進だ。

――従魔よりも前に出て、代わりに戦ったことがあるのか？

テイマーズストリートで会った、有力パーティー『正当なる覇王《フェアリーロード》』の〝あの男〟は、僕にそう問いかけてきた。

自分は従魔よりも前に出て、敵と斬《き》り結《むす》んでいるが、お前はどうなのかと。

確かにあのとき僕は、ろくに敵の前に出ようとはしていなかった。

でも、次はちゃんと言い返してみせる。

お前が従魔よりも先行して戦うのなら、僕はライムと一緒に、並んで前に出る。

決して自己中心的にならず、互いを支え合って戦ってみせると。

そしてもう、誰にも負けない。

そこで僕は、ふと思い出す。

「そういえば、クロリア？」

「……はい？」

「僕がペルシャさんに魔石鑑定の依頼を出した後、クロリアも何か依頼してなかった？」

「えっ？　あぁ、あれはそのぉ……」

なぜかクロリアは、冷や汗を流しながら言い淀《よど》む。

あのとき、僕が鑑定依頼をした後、見送りに出てくれたペルシャさんに、クロリアも何か頼《たの》み事《ごと》をしていたような気がする。

僕に聞こえないように小声でやり取りをしていたみたいだけど……

「な、なんでもありませんよ。さあ、早く先に進みましょう。エリア探索はまだ始まったばかりなんですから」

クロリアはそう言って〝あはは〟と何かを誤魔化すように笑って歩き出した。

「あっ、うん」

意気揚々《いきようよう》と獣道を進みはじめた彼女の背中を慌てて追いかけて、隣《となり》に並んでみる。

するとやはり、額《ひたい》には玉のような汗をにじませていて、同時にすごくぎこちない笑みを浮かべていた。

……なんか怪しい。

3

生《お》い茂《しげ》る木々や花が特色のエリア、フローラフォレスト。

わずかに木漏《こも》れ日が入るものの、森は薄暗く、奥に進むほど木々は密集《みっしゅう》していく。

そして出現するモンスターに極端《きょくたん》な偏《かたよ》りはなく、温厚《おんこう》なものから好戦的なものまで、主に森で見られる野生モンスターたちが数種類集まっている。

現在は『不正な通り道《ローグパス》』の影響でレベル変動が起きているので、油断できないエリアだ。

そんなフローラフォレストにも、心安まる瞬間はある。

まるでかくれんぼをするように、茂《しげ》みの陰《かげ》に美しい花が咲いていて、それを見つけたときの達成感は計《はか》り知れない。

まあ、その花探しに夢中になるあまり、森の奥へと迷《まよ》い込んでしまいそうになるのは困りものだが。

そんな一喜一憂《いっきいちゆう》のエリア探索を続けること数時間。

僕たちは『マッドウルフの魔石』五つと、『フェイトの花』五つ、それから『チュリムの花』四つを入手することができた。

いったいこの量でどれくらいの額になるのかはよく分からないけど、まだ日は高いのでエリア探索は続行だ。

やる気満々で森を進んでいると……

森の喧騒が耳に入ってきた。

草木が揺れる音、動物の鳴き声やモンスターの咆哮。

そして……それらに交じる人々の話し声。

思えば、エリア探索を開始したときからずっと気になっていた。

――やけに騒々《そうぞう》しくて、人の気配《けはい》が多い気がする。

現在は立ち入りが制限されているはずのエリアに、どうしてこんなに人がいるのか。

僕たちと同じでエリア探索に来た冒険者にしては、なんだか人数が多い気がする。それに、まだ直接顔を合わせてはいないけど、ずいぶん殺伐《さつばつ》とした雰囲気を放《はな》っている。

乱暴に踏み荒《あ》らされた足跡《あしあと》、樹木に刻《きざ》み込まれた傷や折れた枝葉。

それらに視線を向けながら、僕は首を傾げた。

「あっ、またありましたよ。チュリムの花」

ふと、クロリアの声が耳を打った。

彼女は片手に花を持っている。

いつの間にか空は橙《だいだい》色に変わり、森は夕日に赤く染められていた。

野生モンスターは夜の方が活発になるので、早めに森を出たい。

そんなことを考えながら、僕は花を摘《つ》んできたクロリアに声を掛けた。

「じゃあ、僕のカバンに入れておこうか」

「はい」

彼女は僕の後ろに回り、腰のカバンに花を挿《さ》す。

花は繊細《せんさい》で脆《もろ》いので、無理に詰め込まずに頭を出すようにしてカバンに仕舞っているのだ。

戦闘直前にはカバンごとクロリアに渡すようにしているので、潰《つぶ》れてしまう心配もない。

ちなみに、魔石はクロリアが持っている。

本当なら男子の僕が持つべきなんだろうけど、素早く戦闘に移行できるようにとクロリアが気を利《き》かせてくれているのだ。なんとも心苦しい限りだけど。

花の数には及ばないまでも、彼女が背負うカバンも魔石でそれなりに膨らんでいた。

クロリアは互いのカバンを交互に見ながら、わくわくした様子で聞いてくる。

「これでどれくらいになりますかね？」

僕は腕組みをしながら答えた。

「三……ん〜、四万ゴルドくらい……」

「……ですかね？」

「いや、それくらいだったらいいなぁ、って」

正直、エリアランクが再設定された後の報酬は、皆目見当《かいもくけんとう》がつかない。

そんな僕の返答を受けて、クロリアはこくこくと頷いた。

「……そ、そうですか。まあ、高いに越したことはありませんからね。テイマーズストリートで生活するためですもん」

「うん、そだね」

「……ところで、テイマーズストリートで暮らすと言っても、具体的にはどうするつもりなんですか？　安い宿屋でも転々とするんですか？」

「えっ？」

そういえば、クロリアには拠点を移すとしか言っていなかった。

具体的な引っ越し案はまだ話し合っていない。それだけの情報で了承《りょうしょう》してくれたクロリアの度量《どりょう》もたいしたものだけど。

「うぅ〜ん、できればどこかで部屋を借《か》りたいなぁ。宿屋を転々とするってのも面白《おもしろ》そうだけど、色々と不安定だし。もっと贅沢《ぜいたく》を言うと、〝僕たちだけの家〟がほしい」

「えっ……家⁉」

不意に、後ろからついて来ていた足音が止んだ。

振り返ってみると、ミュウを抱えたクロリアが、なぜか頬を染めてその場に立ち尽《つ》くしていた。

遅《おそ》まきながら、僕は自分が口にした台詞《せりふ》が誤解《ごかい》を招《まね》きかねないものだと気が付いた。

「あっ、いや、別に深い意味はないよ！　パーティー専用の家があれば、色々と便利だし。パーティーホームとしての家ってことだよ」

まあパーティーホームは本当に夢みたいなものだから、当分はクロリアが言った通り安い宿屋を転々とすることしかできないだろうけど。

「そ、そうですね。あったら、便利ですもんね」

補足の説明で微妙な空気を迅速《じんそく》に払いのけると、僕らは移動を再開した。

家だろうが宿だろうが、今はとにかくお金が必要だ。

テイマーズストリートで暮らすなら、冒険者として装備やアイテムも揃《そろ》えなきゃいけないし。

僕たちはフローラフォレストの奥からUターンして、探索しながら帰路《きろ》に就《つ》いた。

何度か野生モンスターと出くわしたが、追加でフェイトの花、チュリムの花、他にカージョンの花やビスカの花まで見つかったので、首尾《しゅび》は上々だ。

そんな中、僕はふとあるものを見つけて足を止めた。

またしても地面に誰かの足跡。

〝荒々《あらあら》しい男のもの〟と〝小さな子供のもの〟。

ここに来るまでにも散々《さんざん》見掛けてきたけど、その二つは不思議なことに、必ずと言っていいほどセットになっている。

綺麗な花のそばの地面が踏み荒らされていると、なんだか複雑な気持ちにさせられる。

僕は隣を歩くクロリアの重そうなカバンをちらりと見る。

「そろそろ、カバンが一杯になってきたね」

「はい、そうですね」

魔石がたくさん集まってよかったね、という解釈《かいしゃく》をしたのだろう。クロリアはカバンを揺らしてガラガラと音を立てた。

「ねえ、クロリア。それを持って、先に帰ってもらえないかな？」

「えっ？」

当然クロリアは不思議そうに首を傾げる。

わずかに眉間《みけん》にしわを寄せて聞き返してきた。

「なんでですか？」

「いや、少し気になることがあって、もう少しエリア探索を続けようかと。魔石は重たいでしょ」

「一緒に行けばいいじゃないですか？　私はまだまだ平気ですよ」

クロリアはそう言うと、男の僕が持っても重そうなカバンを背負いながら、軽々《かるがる》とジャンプしてみせる。

自分で魔石を持つと言っていたから少しは力に自信があるんじゃないかと思っていたけど、まさか僕より力持ちじゃないだろうな。

さすがにその光景には冷や汗を流してしまうが、ここで押し負けるわけにはいかない。

僕は正直に目的を話すことにした。

「あっ、いや、その……この足跡。小さいのが交ざっているでしょ？　迷子《まいご》じゃないかと思うんだよね」

「迷子、ですか……」

クロリアは僕が指差した足跡を覗き込む。

「心配だから少し遠回《とおまわ》りして、捜《さが》しながら帰ろうかと思ったんだよ」

もっとも、遠くから聞こえてきた声の雰囲気からすると、そんなに穏やかじゃない可能性もあるけど、森に迷い込んだ子供が心配なのは事実だ。

それに、僕たちは冒険者としてエリア探索を任《まか》されている。エリア内で何か事件が起きているなら、把握しておくのも僕らの仕事だ。

状況が分かったら、ギルドに報告すればいい。手に負《お》えないなら、自分でなんとかする必要はない。

しかしクロリアは、心配そうな——それでいて、どこか疑わしげな目を僕に向ける。

「また、置いてけぼりなんですか？」

「えっ……」

突然彼女の口からこぼれた呟きに、僕は目を丸くする。

モンスタークライムと初めて対面したとき、僕は危険を察知してクロリアとミュウを先に帰らせた。クロリアはそのことを言ってるんだ。

「また、私とミュウを置いてけぼりにして、何かするつもりじゃないんですか？」

「……そ、それは」

なんとも情けないことに、僕はその質問に胸を張って即答することができなかった。

僕が一人で無茶な真似《まね》をすれば、自分だけじゃなくて、他の誰かにも迷惑をかけてしまう。

何より、この二人に、またあんな悲しい顔をさせたくない。

——少しは反省しろ、僕はもっと強くなるって決めたんだ。

「じゃ、じゃあ、こうしよう」

「……？」

僕は、首を傾げるクロリアの前まで歩み寄ると、ライムを彼女の頭の上に乗せてあげた。

突然の行動に、クロリアは目を丸くして固まってしまった。

「本当に、少し迷子を捜すだけ。もし何か事件に巻き込まれたとしても、僕は絶対に戦ったりしないって、約束するよ」

従魔を手放すことによって、僕は戦う手段をなくした。

これはつまり、戦わない証《あかし》。争《あらそ》わない約束。

それに——

「ライム、クロリアとミュウが街に帰れるように、僕の代わりに守ってあげてね」

これなら、暗い中を女の子一人（ミュウを合わせて二人）で帰らせることにもならないからね。

「本当に少し見てくるだけだから、心配しないで先に帰ってて！」

「ちょ、ルゥ君⁉　余計に心配なんですけど！」

ライムを託《たく》し終えた僕は、有無《うむ》を言わさぬ速さで森の奥へと駆けていく。

従魔もなしに森を進んでいく、バカな僕を制止しようとするクロリアの声を背中に受けながら……

＊＊＊＊＊＊

日が沈みかけて薄暗くなった森の中を、僕は息を殺して進んでいく。

こうして一人で暗い夜道を歩いていると、パルナ村にいた頃を思い出す。

よく友達に置いてけぼりにされて、一人で帰っていたから。

野生モンスターの唸り声が聞こえるたびにビクビクしていたのは、なんとも情けなかったなぁ。

まあ、大抵は大木の根元に座り込んで泣いているところを、幼馴染《おさなじ》みのファナが見つけてくれたんだけど。

もし迷子になった小さな子供が昔の僕みたいに泣いていたら、今度は僕が見つけて街に連《つ》れ帰ってあげたい。

過去の恥ずかしいエピソードと密かな願いを胸に、僕は足を動かし続ける。

それでも、穏やかとは言いがたい足跡を追っていると、どうしても嫌な予感がしてしまう。

杞憂《きゆう》ならそれでいいし、もう無事に街に帰っているならそれに越したことはない。

しかし、どうやら冒険者と事件は切っても切れない関係らしい。

「おい、あのガキはどこに行った⁉」

不意にどこからか男の怒声《どせい》が聞こえてきた。

僕はすかさず足を止めて、耳をすました。

「間違いなくこっちに来たはずだ！」

「急いで探し出せ！」

どうも声の主は一人ではないようだ。

僕は今度こそ、声のする方向を見定めると、気配を殺しながら近づいていった。

大木に身を隠して様子を窺ってみると、少し開けた草地に物騒《ぶっそう》な武器を手にした三人の男の姿があった。

傍《かたわ》らには彼らが連れていると思《おぼ》しき従魔も見える。

とてもじゃないけど、迷子になった子供を探している雰囲気ではない。

むしろ、小さな子が不届《ふとど》き者に追われている事件と言ってもいい。

彼らが冒険者ならば、その追われている子がよほどのお尋《たず》ね者という可能性もあるけど。

状況がはっきりしない上に、今はライムもいないから、迂闊《うかつ》に男たちの前に出て事情を聞くのはかなり危険に思える。

とりあえず、いったん街に戻ってシャルムさんあたりに報告するのが良さそうだ。

僕は足音を立てずにこっそり大木から離れてその場を後にした。

今さらながらに気づいたけど、僕って結構ピンチなんじゃないの？

装備はいつもの布服と木剣一本のみ。所持アイテムはこのフローラフォレストで取れた数種の花だけ。

ここまでほとんど野生モンスターと出くわすことがなかったから、軽い気持ちでライムを預けちゃったけど、もし今の状態でマッドウルフなんかと鉢合《はちあ》わせたら……

嫌な予感に背筋がぞくっと凍りつく。

自業自得とはいえ、さすがに従魔なしで単独行動するのは無理があったかな。

でもまあ、出会いさえしなければ大丈夫……そう思っている奴のところに限って、モンスターが姿を現すのはお約束である。

「グルルゥ」

「げっ……」

聞き慣れた唸り声を耳にして、僕は思わず声を漏らし、一歩後退《あとずさ》る。

前方に目を凝《こ》らしてみると、そこには狼型のモンスターが立っていた。

どうせバッタリ出会うなら、珍しい花にしてほしい。

どうする？　逃げるか？

でも、鼻を頼りに追いかけられたら、逃げ切る自信がない。かといって戦うにしても、木剣一つでは勝ち目がないだろう。

残る選択肢は……

そこで悪魔的な思考が働き、僕は左腰に下げた木剣に手を伸ばす。

幸《さいわ》い相手は一匹だけのようで、多少なら僕でも引き離すことくらいはできるだろう。

僕は背中を見せずに木剣で牽制しながらじりじり後退して、こいつを誘導する。

あの、三人組のところまで。

しかし、マッドウルフの行動は僕の予想を裏切るものだった。

……動かない。

標的《ひょうてき》を見つけた途端《とたん》、牙を剥き出しにして飛びかかってくるくらい獰猛《どうもう》な野生モンスターが、いつまで経っても襲い掛かってこなかった。

それどころか、敵意らしい敵意がほとんど感じられない。

まるで主人を持っている〝従魔〟のようだ。

それによく見ると、このマッドウルフは少し小さい気がする。

子供？　それが関係しているのだろうか？

数々の疑問に襲われた僕は、恐る恐るそのマッドウルフに近づいて、ふさふさの頭に手を載せてみた。自分でも驚きの行動だ。

今までも幼いマッドウルフに出会ったことがあるけど、その子たちも大人と同じように攻撃してきた。

でもどうしてこの子は僕に襲い掛かってこないのだろう？

やっぱり、誰かの従魔なのかな？

よしよしと頭を撫でて、謎《なぞ》のマッドウルフとじゃれていると、不意にその子の後ろにある茂みが揺れる音がした。

もしかしてこの子の仲間？　同じようなマッドウルフが他にも？

そう思って身構えると……

「――っ!?」

そこにいたのは、マッドウルフでもなければ、別の野生モンスターでもなかった。

「君は……」

フローラフォレストに咲く花よりも綺麗で儚《はかな》げな幼い女の子。

小さな手足、守ってあげたくなる可愛らしい顔。切り揃えられた銀色の髪と、同色のつぶらな瞳《ひとみ》が目を引く。

何かに怯《おび》えるように、茂みの陰に小さなその身を隠しながら、こちらを窺っている。

目を離せば妖精のように消えてしまいそうだ。

少女は目を丸くしてこちらを見上げる。

頬にはわずかに涙の跡があり、銀色の瞳は少しだけ赤らんでいた。

「……あっ」

ふと、暗い夜道での思い出が蘇《よみがえ》る。

立場はまるっきり逆だけれど、パルナ村の森でファナが僕を見つけてくれたときの状況と、とてもよく似ていると思った。

「君は……」

少女に見惚《みと》れて、思わず呆《ほう》けた声を漏らしてしまう。

すると彼女は、僕の声に怯えてびくっと大きく肩を揺らした。そして警戒《けいかい》した様子で、目を細めてじっとこちらを見つめる。

いったいこの子は誰なんだろう？

それに、子供のマッドウルフも。

もしかしてこの子が、マッドウルフのテイマー？

「――っ⁉」

そこで僕は、あることに気が付く。

ところどころ破《やぶ》れている布の服を着用した少女の半ズボンから覗いた右脚に、赤い傷跡《きずあと》が見える。

「怪我……してるの？」

「……」

問いかけても少女は答えない。

言葉が分かっていないような感じじゃないから、おそらく答えるのが嫌なんだと思う。

完全に警戒されちゃってるなぁ。

こんな森の奥で初対面の人間と二人きりじゃあ、仕方ないと思うけど。

それでも僕は、少女が引いている絶対の境界線《きょうかいせん》に、躊躇《ちゅうちょ》なく踏み込んだ。

「ちょっと見せて」

一声かけて、僕は少女の前に膝をつく。

何はともあれ、怪我をしている女の子を見過ごせるわけがない。

傷はそこまで酷《ひど》いものではないが、木の枝にでも引っ掛けたのか、皮膚《ひふ》が裂《さ》けて血が出ている。

僕はカバンの中から小さな布切れと飲料用の水を取り出すと、傷口を水で丁寧《ていねい》に洗い、細い右脚に布切れを巻いてあげた。

現状、手持ちの物でできる処置はこれくらいだ。

回復魔法があれば、こんな傷すぐに治《なお》せちゃうんだけど。

クロリアとミュウがいないことが悔《く》やまれるなぁ。

カバンに入っている花の中には、治療に使えそうなものがあったような気もするけど、使い方が分からないので下手《へた》なことはしない方がいい。

とりあえずの処置を済ませ、〝よしできた〟と言って少女の顔を窺うと、なぜか彼女は目を丸くしてうろたえていた。

「どう……して……？」

「えっ？」

何が〝どうして〟なんだろう？

どうして見ず知らずの人なのに、怪我の処置をしてくれたのか？　と問いたいのだろうか？

「どうしてって、言われてもねぇ……。痛そうだからとしか」

少女の反応に、今度は僕が困惑《こんわく》してしまった。

それに、もう一つ不思議なのは……

少女のそばに控《ひか》えている、まったく敵意のないマッドウルフ。

この子が、あの黒狼の主人なのだろうか？　明らかに僕より年下で、とても従魔を授かれるような年齢には見えないけど。

「あの、ところでさぁ……」

少女にマッドウルフについて質問しようとすると、突然――

「おい、いたぞ！」

男の叫び声が聞こえてきた。

あの三人組の男たちだ。

僕の右手側からリーダーと思《おぼ》しき人物が前に出てきて、少女を睨みつける。

「ガキ……ようやく追い詰めたぜ」

その台詞で、あらゆる疑問が解消された。

こいつら、武器を手にこの女の子を追いかけて……

いつの間にか、僕は少女を庇《かば》うように前に出ていた。

そんな僕に、リーダーはドスを利かせる。

「おい小僧《こぞう》、そこをどけ」

傍らに怪鳥種と思《おぼ》しき黒い小鳥型の従魔を侍《はべ》らせて、威圧《いあつ》的に迫ってくる。

しかし僕は、自分でも不思議なくらい落ち着いていて、素直《すなお》な気持ちを口にした。

「嫌です」

「はぁ!?」

男は、お前にはこの武器と従魔たちが見えていないのかと言わんばかりに凄《すご》んだ。

僕自身も、今の状況を考えれば賢《かしこ》い返答とは思えない。

けれど、ここで大袈裟《おおげさ》に焦《あせ》っても仕方がない。

僕は懐《ふところ》から銅色のギルドカードを取り出し、それを彼らに見せるように掲《かか》げて言った。

「僕は冒険者です。あなたたちがなぜこの子を追っているのか、理由を聞いてもいいですか？」

落ち着いてはいるものの、カードを見せるのはさすがに緊張してしまう。

いわばこれは賭《か》けのようなものだ。

もしこいつらが残忍《ざんにん》な悪党だったら、目の敵《かたき》にしている冒険者に容赦《ようしゃ》するはずがない。

それにギルドカードの色で、こちらが銅級《ブロンズ》ランクということもバレてしまう。

でも、彼らが同業者で、後ろの子がギルドに追われるほどのお尋ね者だというなら簡単だ。

彼らと協力して事《こと》に当たればそれでいい。

まあ……とてもそんな雰囲気じゃないんだけど。

薄々勘付《うすうすかんづ》いてはいたけど、やはりこいつらは訳ありの様子だった。

「俺らがお前に言うことはたった一つだ。さっさとそこをどけ」

いきなり攻撃を仕掛けてこないだけ、モンスタークライムの連中よりはまだマシか。

僕はさらに少女の身を隠すようにして呟いた。

「言えない理由……なんですね」

リーダー以外の二人も怒鳴《どな》り散らし、手に持った武器をこれ見よがしに振り回す。

「つべこべ言ってねえで、さっさとどけよ！」

「本気で痛《いて》え目に遭わせるぞ」

これで確定だ。

この女の子はお尋ね者ではないし、彼らは正規に依頼を受けた冒険者でもない。

こいつらは何か理由があって、この子を執拗《しつよう》に追いかけ回している。

今の状況で、僕がやらなきゃいけないことは分かる。

この子を、守るんだ。

「あと一度だけしか言わねえぞ。よく聞いて返事をしろ。……そこをどけ」

リーダーらしき男が左手に持った弓を構えて、こちらに最後通告を突きつけた。

僕は左腰の木剣に手を伸ばし、いつでも動けるように身構えている。

武器の性能もさることながら、従魔がいない戦力差が一番の問題だ。

でも、なんだろう。不思議と焦る気持ちが湧いてこない。

モンスタークライムとの一戦並みに深刻《しんこく》な状況だけど、なぜか僕は怖いくらい冷静だった。

僕は剣を抜き、全身で女の子を庇うようにして立ちはだかり、はっきりと返答した。

「……嫌だ」

リーダーの男は瞬時に矢をつがえ、完璧《かんぺき》な殺意を持って僕に照準《しょうじゅん》を向ける。

こちらも木剣を構えて、迎撃《げいげき》準備を整えた。

しかし、この至近距離からの矢は、どんなに反応が早くてもおそらく防げない。

でも今は、致命傷《ちめいしょう》を受けず、後ろの女の子にさえ当たらなければいい。

きりきりと弓がしなる音を聞きながら、僕はぐっと腰を低くして、その瞬間を待った。

だが……

「えっ？」

不意に後ろから手を引かれる。

予想外の方向からの力を受け、踏ん張りが利かなかったせいで、僕は容易にバランスを崩《くず》してしまった。

「う、うわぁぁぁぁ！」

僕の左手首を掴んでいたのは、あの銀髪銀眼の少女。

彼女はいつの間にか、幼いマッドウルフの背に跨っていて、同じく僕も背中に引き上げた。

二人とも体重はそれほど重くないからか、なんとか狼の背中に収まることができた。

マッドウルフが駆け出す。

まったく予想していなかった事態に、僕はただ戸惑いを覚えるのみ。

やっぱりこの子がマッドウルフの主人だったんだ。

でも、なんで僕のことを……？

次第に遠ざかっていく三人組を振り返り、とりあえずは安心かなと気を抜きかけた。

しかし……

「待ちやがれ！」

リーダーが行き場を失っていた弓矢をこちらに向けながら、怪鳥種の従魔に命令を出す。

「【エアロエンチャント】！」

その声と同時に、黒い小鳥型のモンスターは彼が構える弓に向けて翼をはためかせた。

従魔がバサバサとせわしなく翼を動かすと、奴が構えている矢の先端《せんたん》に何やら〝旋風《つむじかぜ》〟のようなものが宿った。

少し触れただけで舞い落ちる葉が真《ま》っ二《ぷた》つになったことからも、その威力《いりょく》の高さが分かる。

――今のは、風魔法？

効果を見るに、おそらく武具に風を纏《まと》わせて攻撃力を補強する魔法なのだろう。

あの怪鳥種のモンスターはそれなりの魔力を有しているみたいだから、あの矢が掠《かす》っただけでも致命傷になりかねない。

属性魔法で主人の攻撃をサポートするやり方もあったのか――と、呑気《のんき》に感心していると、ついにリーダーの手から矢が放たれた。

ビュンッ！　という一瞬の風切り音《かざきりおん》が、僕の耳を打つ。

あまりにも速く、精度《せいど》の高い一撃。

しかし僕は体を捻《ひね》って後方を向くと、冷静に木剣の腹を盾のようにして構え、揺れる黒狼の背で防御の姿勢をとった。

矢が触れた瞬間、力を抜いて衝撃を逃がす。

鋭利《えいり》な風がガリガリと木剣の表面を削《けず》るが、矢はそのまま僕たちを追い越して前方へと姿を消した。

信じられない受け流しを目の当たりにした三人組は、しばし目を丸くしてその場で立ち尽くした。

自分でもこんなに上手くいくとは思わなかったけど、二度目はないかな。

そう思った矢先……

「ちっ！　行け、ウィンドスワロー！」

リーダーの男は従魔そのものをこちらにけしかけてきた。

黒い小鳥型のモンスターが、先刻の矢を彷彿《ほうふつ》させる高速飛行で僕たちを追ってくる。

もし風の攻撃魔法があったら、絶対にやばい。

あの従魔の魔力は、さっきの強化魔法で嫌というほど見せつけられた。

どうしよう――近距離で魔法を撃《う》たれたら木剣じゃどうにもならない。

額に冷や汗をにじませて、近づいてくる小鳥を見据《みす》えていると、不意に前から少女の声が聞こえた。

「耳、塞《ふさ》いで」

「えっ？」

僕は反射的に手で両耳を押さえる。

すると次の瞬間……

「【威嚇《ハウル》】！」

「グルアアアアアア！」

一瞬足を止め、背中が盛《も》り上がるほど肺に空気を送ったマッドウルフは、それを解き放った。

以前聞いたものより、いくらか幼さを感じさせる黒狼の咆哮。

木々を震《ふる》わせて響き渡ったそれは、当然追跡者《ついせき》にも直撃する。

黒い小鳥はびくっと体を震わせて、飛行の勢いのまま森の地面に落ちてしまった。

見ると遠方の三人組も、わずかではあるが【威嚇《ハウル》】の影響で一時的に硬直《こうちょく》している。

マッドウルフが使った【威嚇《ハウル》】は、僕たちが何度もお世話になったスキルだ。

それをさっき囲まれているときに使わず、一瞬が命取りになるこの状況まで取っておくなんて。

この子、スキルの使いどころが上手い。

密かに少女に賞賛を送りながら、僕は遠ざかっていく三人組から視線を外す。

そして今度は、マッドウルフの頭を控《ひか》えめに撫でる少女の後ろ姿を、ぼんやりと見つめた。


物騒な三人組から逃れて、黒狼の背に揺られること数十分。

僕たちは手頃な大木の根に腰掛けて休息をとっていた。

正確には、マッドウルフの主人である銀髪少女が、ここで止まれと命令を出し、何も言わずに座り込んでしまったので、僕も仕方なく休憩《きゅうけい》をとっているというわけだ。

先ほど、【威嚇《ハウル》】を使用した際に、〝耳、塞いで〟という指示を送ってくれて以来、会話はしていない。

僕自身、あまり人と話すのは得意じゃないから、この微妙な空気にぴったりの話題は思いつかない。あの気さくなペルシャさんあたりなら、簡単にこんな空気をぶっ飛ばしてくれるんだろうけど。

僕は意を決して、対面に腰掛ける少女に声を掛けた。

「さっきは、そのぉ……助けてくれてありがとう」

「……」

返事はなし。

伏《ふ》せていた顔をわずかに上げて、ちらりとこちらを見るだけに終わる。

目が合って改めて思ったけど、やっぱりとても綺麗で可愛らしい子だ。

もっと笑顔を見せてくれたらと、願わずにはいられない。

僕は諦《あきら》めずに喋《しゃべ》り続ける。

「えっと、僕の名前はルゥっていうんだ。もしよかったらでいいんだけど、君の名前も教えてくれない？」

「……」

少女は再びちらりと視線を向ける。

うーん、やっぱりダメかもしれない。これで教えてもらえなかったら格好つかないなあ。

そう不安に思っていると、少女がぽつりと呟いた。

「……ロメ」

「えっ？」

「ロメ。私の……名前」

思いがけない返答に、僕は嬉しさのあまり、つい要《い》らぬことを口走ってしまった。

「へぇ、ロメちゃんかぁ。可愛い名前だ……」

「〝ちゃん〟はやめて」

「あっ、はい」

ぎろりとした目で威圧され、僕はすっかり意気消沈《いきしょうちん》して萎れてしまう。

まあ、従魔を授かる年齢の子が、同い年くらいの僕に〝ちゃん〟付けされたら、そりゃあ嫌がるか。

再び二人の間に微妙な空気が漂《ただよ》う。

何か言わなければと唇をもにょもにょしていると、ロメの囁《ささや》き声が聞こえてきた。

「冒険者って、本当？」

明らかに言葉足らずなその問いに、僕は首を傾げてしまう。

彼女は続けた。

「さっき、冒険者って言ってた。それって、本当？」

「あっ、うん。そうだよ」

あの三人組の前で、僕は冒険者であることを公言した。

心なしか、その問いを口にしてから警戒度が増した気もするけど、僕は構わずに懐から銅色のギルドカードを取り出し、改めて彼女にそれを見せた。

「やっぱり、そうは見えないかな？」

苦笑しながら頬を掻《か》く僕に、ロメはちゃんと顔を上げて答えてくれた。

「だって、従魔を連れてないから」

「あ、あぁ……そういうことか」

てっきり、ひょろすぎて疑われているのかと思っていた。

でも、彼女が一番気になったのは、従魔を連れていないこと。

冒険者テイマーとしての生命線というか、最低条件なので、疑問に思って当然だ。

僕は少々はにかみながら答える。

「従魔はちゃんといるよ。とっても頼りになる相棒が。今はわけあって、仲間に預けてるんだけど」

「……そう」

思ったよりも淡白《たんぱく》な反応だった。

再び沈黙《ちんもく》が訪れそうになったので、その前に次の話を振ってみる。

「ところで、どうしてロメはあいつらに追いかけられてたの？」

「えっ？」

僕の発した問いに、彼女は驚きの声を上げる。

次いで困ったような顔で右手の甲に目を落として黙《だま》り込んでしまう。

もしかして、聞いちゃいけないことだったかな。

単純な疑問というか、僕と同じ立場なら誰だって不思議に思ったはずだから。

でもこれは教えたくないのか。

選択ミスを悔いていると、不意にロメが大木の根から腰を上げた。

パンパンと布服の汚《よご》れをはたき、傍らで座り込んでいたマッドウルフに歩み寄る。

「あ、あれ？　もう行っちゃうの？」

僕が慌ててそう声を掛けると、ロメは銀の瞳をまっすぐこちらに向けて答える。

「ここにいたら、またあいつらに見つかっちゃうから」

次いで彼女は右手を上げて、人差し指で森の奥を示す。

「そっちに少し歩けば、森を出られると思う。早く行った方がいい」

要は〝あなたはそちらに進んで、さっさと森を出なさい〟と言いたいのだ。

従魔もいないし野生モンスターを退《しりぞ》ける力も持ち合わせていない。そんな僕を気遣《きづか》って、ロメは助言をくれた。

しかし僕は、それに質問で返す。

「君は、どうするの？」

「……」

僕には森を出ろと言った。じゃあロメはこれからどうするのか。

しかし彼女はじっと従魔の黒狼を見つめて、口を固く閉ざしたまま。

そしてここに来たときと同じように、マッドウルフの背に跨ると、そのまま森の奥へと歩き出そうとした。

その後ろ姿に、僕は声を掛ける。

「も、もしよかったら、僕と一緒に来ない？」

「えっ？」

「あんまり豪華《ごうか》な宿じゃないと思うけど、ここよりは安全だよ。それに何より、小さな女の子をこんな森に放《ほう》っておいて、帰れないなぁ……なんて」

「……」

僕の提案を聞いて振り返ったロメは、目を点にして、薄い唇をわずかに開けていた。

見るからに困惑している。

提案そのものに驚いたというよりは、さらに距離を縮《ちぢ》めようとしている僕に困っているようだ。

それでも僕は、この儚げな女の子を放っておけない気持ちになってしまった。

ロメの素性《すじょう》はともかく、せめてボロボロの布服だけでも替えてあげたいな。助けてもらった恩もあるし。

しかしロメはかぶりを振った。心なしか躊躇いがちに。

「…………いい」

「……そ、そっか」

提案を断られて苦笑していると、ロメは今度こそ森の奥に視線を向けた。

そしてぼそりと、小さな声で呟く。

「……じゃあ」

それを合図に、ロメを乗せたマッドウルフは走り出していった。

銀色の髪を靡《なび》かせながら、少女は森の奥へと姿を消していく。

不思議な子だ。

だからこそ惹《ひ》き付けられてしまう。

まあ、一度の会話で掴みきれないのなら、二度、三度とまたお話をすればいい。

このフローラフォレストのエリア探索を続けていれば、いずれ出会うこともあるだろう。

次に会ったときは、ちゃんとライムと、クロリアたちも紹介できればいいな。

そう思いながら僕は、ロメの背中が見えなくなるまで、暗闇の奥をぼんやりと見つめていた。

4

「へぇ～、森の中で小さな女の子とずっと一緒にいたんですかぁ。そうですかぁ」

「……」

クロリアのジトッとした視線を受けて、僕は目を逸らした。

額に冷や汗がにじみ、堪《たま》らずごくりと唾を呑み込む。

その様子にますます目を細くした黒髪おさげの少女は、顔を覗き込むようにして前のめりになった。

理不尽《りふじん》だ。どうして死線を潜《くぐ》り抜け、やっとのことで街に帰ってきた矢先に、こんな仕打ちを受けなければならないのだろうか。

フローラフォレストから帰還《きかん》した僕は、グロッソの正門前でおろおろしていたクロリアたちと再会した。

僕たちの無事に安堵しながらも、詰め寄るように事情を聞いてきたクロリアに、僕は森で起きた出来事を簡潔《かんけつ》に説明した。

はずなんだけど……

彼女は胸に抱えたライムに、怖いくらいの笑顔で告《つ》げ口をした。

「ライムちゃん。あなたのご主人は、私たちがずっと心配して待っていたというのに、その間可愛い女の子と楽しくお喋りしていたんですって。どう思いますかぁ？」

「キュ、キュルルゥ……」

「……」

なぜかクロリアは嫌味《いやみ》な言い方で相棒を丸め込もうとする。

ライムもさすがに困惑して、あたふたと僕とクロリアの顔を交互に見た。

彼女の頭上のミュウは、首を傾げるばかりで助け舟を出してくれそうにない。

堪えかねた僕は、とうとう重い口を開く。

「……そんな言い方はないんじゃないかな。こっちは危《あや》うく死にかけたっていうのに」

すると、クロリアは頬を膨らませてこちらを向いた。

「そうかもしれませんけど、そんなに〝可愛い可愛い〟と連呼《れんこ》されたら、緊張感がまるで伝わってきませんよ。〝可愛い女の子とお知り合いになれて嬉しかった〟ことしか分かりません」

「うっ……」

……そ、そんなにたくさん言ってたかな？

せいぜい二、三回……いや四回しか言っていないはずだ。

もし仮にそれが多かったとしても、クロリアが怒る筋合《すじあ》いはないはず。

とにかく理不尽だ。心の中で一滴《いってき》の涙を流した。

「まあ、とにかく今日はお疲れ様でした。ルゥ君が見知らぬ女の子のピンチを救ったのは事実ですもんね」

「う、うん。まあそうなるのかな……」

クロリアは突然いつもの感じに戻ったものの、不思議と罪悪感が湧いてきて、僕は少しだけ反省した。

クロリアの言うとおり、事の重大さの割に緊張感はなかったかもしれない。

女の子のピンチを救ったと改めて言われるまで、ほとんど自覚していなかったのだ。

それに夜の森をたった一人で歩いていたことへの危機意識も、いまだに感じられずにいる。

僕、少し変わったのかな。

自分の変化に疑問を覚えていると、不意にクロリアが提案した。

「そのロメちゃんという女の子と、追いかけていた三人組については気になるところですけど、今日はとりあえず休みましょう。もう遅いですし、シャルムさんにご報告するのも、明日にするべきです」

「うん。そうだね」

僕もさすがに疲《つか》れているので、その提案には大いに賛成だ。

早いところギルドに森での出来事を伝えたいけれど、依頼で出払っていた冒険者たちが戻ってきて混雑する時間だし、明日の朝の方が良さそうだ。

納得してクロリアに頷き返すと、僕は正門から街の中に入ろうとした。

以前も利用した宿――『芽吹《めぶ》きの見届け』の部屋を確保したと言っていたから、ここからなら結構近いな。

などと考えながら一歩踏み出した瞬間、突然後ろから服の裾《すそ》を引っぱられた。

クロリアだ。

しばらく俯《うつむ》いたまま無言で裾を摘んでいた彼女が、おもむろに口を開く。

「そ、それと……」

「……？」

クロリアは背伸びして、胸に抱えていたライムを僕の頭の上に乗せる。

「もうこんな無茶な真似、絶対にしないでください。――いえ、させませんから」

それから彼女は、ミュウを胸に抱えて、すたすたと街の中へと入ってしまった。

今さらながら気づいてしまう。

クロリアは従魔もなしにエリアの奥へと入っていった僕を、これ以上ないくらいに心配してくれていたんだ。

もし逆の立場だったら、当然僕だって彼女の身を案じていたはず。

それなのに僕ときたら、けろっとした顔で戻って来るや、まるで緊張感のない話をしてしまった。

そして何より、〝絶対に戦わない〟という約束を破ったことだ。

三人組からロメを守るためとはいえ、些細《ささい》な交戦をしたのは事実。

モンスタークライムの事件をきっかけに、僕の感覚は大きく麻痺《まひ》しているのかもしれない。

今度は失敗しない。そういう気持ちが強すぎて周りが見えなくなっている。

もっと強くなりたいとは言ったけれど、それは一人でなんでもできるようになることではない。強くなることと無茶をすることは同義ではないから。

今度からはもっと気を付けよう。

一緒に戦い、それでみんなを守れるような強さを目指そう。

そう決意を新《あら》たにしながら、ミュウを抱えて歩くクロリアの背中と、頭上のライムに向けて小さく告げた。

「……ごめんね」

「キュルキュル？」

不思議そうに首を曲げるライムを頭上で揺らしながら、僕はクロリアを追いかけた。

＊＊＊＊＊＊＊

翌朝。

僕らは昨日出会った少女の件を報告するために、さっそく冒険者ギルドにやってきていた。

そして、シャルムさんがいる一番左奥のいつもの受付カウンターを目指す。

「んっ？　あぁ、君たちか？」

奥で何かの作業をしていたらしいシャルムさんが、僕らに気づいてこちらにやって来た。

昨日は色々なことが起きたから、なんだか久しぶりの再会に思える。

「どうした？　今日もフローラフォレストのエリア探索に行くはずではなかったのか？」

僕らの行動を把握しているシャルムさんは、当然のことながら首を傾げた。

「は、はい。そうなんですけど……その前に、シャルムさんに伝えておきたいことがあって」

「ほぉ……。なんだ？　改まった様子で。まさか、朝から年上の女性を口説《くど》きに来た、というわけではあるまい」

「ち、違います違います」

こちらの真剣な様子を茶化《ちゃか》すように、なぜか彼女は悪戯《いたずら》な微笑をたたえた。

朝からそんな話は勘弁《かんべん》してくれ、と言わんばかりに。

どうしてこう大人の女性というのは、年下をからかうのが好きなのだろうか？

こういうのはペルシャさんだけで充分だ。

僕は顔を赤くしながらも、昨夜のことを思い出しながら話を始めた。

「き、昨日、エリア探索をしているときに……」

「……一人の少女と、それを追う三人のテイマーか」

「……はい」

話を終えると、シャルムさんは考え込むように腕を組んだ。

先刻の穏やかなムードから一転、クールな表情に真剣さを宿すと、彼女は思い出すようにして言った。

「……そういった事件があるとは耳にしていないな。もし仮にその少女が手配犯で、依頼を受けた冒険者が追っているのだとすれば、この近隣《きんりん》のエリアに侵入《しんにゅう》した時点でギルド本部、もしくは外部のギルドから連絡が来るはずだ。だが、そもそも、少女の手配犯というのも聞いたことがない」

「そ、そうですか」

あの不思議な少女――ロメの手掛かりが掴めそうにないので、僕は肩を落とす。

しかし、よく考えれば、もし近くのエリアに手配犯がいるならば、昨日の時点ですでに手配書がギルドに貼りだされているはず。

その状態で、シャルムさんがなんの警告もなしにエリア探索の話を持ち掛けてくるとは思えない。

おそらく、昨夜見たあの事件についてはまだ広く知られていないんだ。

「まあ、ギルドも個人間の揉《も》め事までは把握していないからな。おそらくそういった類《たぐい》のものだろう。それがエリア内で目撃されたならば、速《すみ》やかに冒険者たちが止めに入ってくれる。解決は時間の問題だと思うがね」

「そう……ですかね」

シャルムさんの言葉に、僕は曖昧な頷きを返す。

現在、フローラフォレストは立ち入りが制限されていて、一般人、冒険者を問わず人の出入りが激減《げきげん》しているのだ。

もしロメがずっとあのエリアに身を隠し続けたら、人の目に留まる可能性は限りなく低い。

杞憂かもしれないけど、放っておいて解決するようなことじゃない気がする。

僕の複雑な表情を見て、シャルムさんは再度尋ねてきた。

「何か気になることでも？」

「あっ、いえ、そのぉ……」

僕は口元に苦笑を浮かべ、幼いロメの姿を思い出しながら答えた。

「なんだか、とっても不思議な子だったので」

「ほう……というと？」

「えっと、そのぉ……雰囲気と言いますか、なんか言い表せない違和感《いわかん》があるような……」

そう口にして、ようやくその違和感の正体の糸口を掴む。

出会った瞬間から僕がロメに抱いている違和感。

深くは追及《ついきゅう》しなかったけれど、やはりあの一点だけは説明がつかない。

それは……

「とても、従魔を授かれるような年齢じゃない気がして」

「……」

シャルムさんには、ただ〝小さな女の子〟としか説明していないから、彼女は具体的な容姿《ようし》を思い浮かべられずに首を捻る。

実際に見た僕からしたら、やっぱりロメは幼すぎる気がするんだよなぁ。
十二、十三……あるいはもっと下。少なくとも同い年には絶対に見えない。
それに、彼女が従えていたモンスター、マッドウルフについても気になる。

僕たちテイマーは、従魔を従えて野生モンスターと戦う。

いわば、従魔は僕たちにとっての相棒。ゆえに、自分の従魔と同じ種の野生モンスターと戦うことに忌避感《きひかん》を覚えるのだ。

たとえば僕とクロリアだったら、スライム種のモンスターとは絶対に戦いたくない。

今まで野生のスライム種と会わなかったのは幸運と言えるけど、もし会ったら戦わずにその場を去るだろう。

だからこそ、ロメがあの場所にいたのが納得できなかった。

どうして彼女は自分の従魔とまったく同じ、マッドウルフが多く出没するフローラフォレストに身を隠していたのだろう？

戦闘は避けられないはずなのに。

追《お》っ手《て》の目を欺《あざむ》くため？　ウルフの習性を熟知していて安全だから？　それとも何か別の目的が？

分からない。一人で悶々と悩んでいると、目の前のシャルムさんがふっと微笑んだ。

「私からすれば、君たちも従魔を授かれるような年齢には見えないがね」

「えっ？　そ、そうですか？」

「あぁ。まだ友人たちと、追いかけっこをしていても不思議ではないと思っているよ」

さすがにそれは無理があるんじゃ……

でもまあ、確かにクロリアはまだ従魔を授かっていなくても不思議には思わない。

これを本人に言うとまた怒るんだろうけど。

ちらりと後方のクロリアを窺うと、いつもの童顔《どうがん》がこちらを向いていた。

でも、やっぱりロメはこれ以上に幼いよなぁ……

結局、僕の疑問は拭《ぬぐ》い去られることはなかった。

「まあ、外見と年齢が一致しないなどよくあることだ。とにかく、少女の話については了解した。こちらでも調べてみるとしよう」

「ありがとうございます」

僕たちはシャルムさんにお礼を言い、ぺこりと頭を下げて受付を後にする。

今日もフローラフォレストを目指してギルドを飛び出した。

もしエリア探索をしている間にロメに会ったら、そのときに冒険者として彼女を保護できれば解決だ。

エリア内にはほとんど人がいないので、それができるとしたら僕たちだけ。

また、会えるといいな。そう思いながら、僕はクロリアたちと共にフローラフォレストに足を踏み入れたのだった。

＊＊＊＊＊＊

――昨日のあの人は、いったいなんだったのだろう。

ロメは枝葉の間から見え隠れする青空を見上げて、昨夜の少年を思っていた。

昨日は不覚を取った。

逃げている最中に弓矢で足をやられるなんて……そのうえ、休んでいるときに別の人間に見つかるとは思ってもみなかった。

いよいよダメかもしれない。

あのときロメはそう覚悟した。

しかしどういうわけか、目の前に現れた少年は、自分の怪我を手当てしてくれて、しまいには身を挺《てい》して追っ手の三人から守ろうとした。

あの少年は従魔も連れずに森を歩き、自分とさほど歳が離れていないくせに冒険者だという。

ロメにとって冒険者とは、いつも自分のことを血眼《ちまなこ》で追ってくる悪党たちだ。

だけどあの少年は違った。

従魔もなしに自分を助けてくれて、自分のせいで危ない目に遭ったのに、怒ることなく同じ目線で接してくれた。

だからこそ、柄《がら》にもなく名前を教えてしまった。

別れるときに躊躇いと寂しさを覚えた。

一人ぼっちには、慣れていたはずなのに。

「おい、いたぞ！」

そのとき、男の声が聞こえた。

見ると、遠方の茂みからあの三人組のうちの一人が顔を出していた。

――本当にしつこい。

ロメは歯噛《はが》みをしながら、連れ歩いていたマッドウルフの背に跨る。

そして仲間が来ないうちにその場を走り出した。

やっぱり昨夜のうちに別のエリアに移動するべきだった。

まだ怪我が完治《かんち》していないし、他エリアの情報も入手できていないけれど、しつこい三人組から逃れられるのならそれで充分だった。

今さら後悔《こうかい》を覚える。

……いや。

結局、身を隠すエリアを変えたとしても、また同じような連中が追ってくるだろう。

それに、このエリアは比較的人が少ないので、ロメのような子供がいても目立たない。

彼女が隠れるなら最適の場所と言える。

動いたとしても逃亡生活の状況が変わらないのなら、これが正しい。

「……」

黒狼の背に揺られながら、ロメは思った。

――もしかしたら自分は、期待していたのかもしれない。あの不思議な少年が、このどうしようもない生活に些細な変化をもたらしてくれるんじゃないかと。

呪《のろ》われた自分には高望《たかのぞ》みかもしれない。人任せかもしれない。現実逃避《とうひ》かもしれない。

けれど、願う権利くらいなら、こんな自分でも持っているはずだ。

ロメはマッドウルフの背に乗りながら、ふと背後に空虚《くうきょ》さを覚えた。

＊＊＊＊＊＊

「そんなにロメちゃんという女の子が気になりますか」

フローラフォレストのエリア探索中、不意にクロリアが尋ねてきた。

茂みの奥に花がないか探していた僕は、屈《かが》みながらちらりと後方を窺う。

彼女はどこか不機嫌に頬を膨らませて僕を見ていた。

「い、いや、別にそんなことは……」

僕が苦笑しながら返すと、クロリアはため息とともに呟きを漏らす。

「はぁ……バレバレですよ」

同じように花探しをしていた彼女は、やがてゆっくりと腰を上げてこちらに近づいてくる。

そして僕が探している茂み――ではなく、屈んでいる僕の〝すぐ足元〟に手を伸ばした。

間近《まぢか》まで顔が迫り、思わずドキリとしてしまう。

しかしクロリアの方は終始《しゅうし》呆れた様子で、ガサガサと僕の足元を漁っている。

ようやく引き戻された白い手には、橙色の綺麗な花が握られていた。

「……あっ」

……完全に見えていなかった。

クロリアはそれを見せつけるように突き出して僕を叱《しか》る。

「探しているのは女の子ではなくて、フローラフォレストに咲いている〝お花〟です。目的を見誤《みあやま》らないでください」

「う、うん。ごめん」

こんな見落としをしておいて、今さら誤魔化すことなんてできない。

僕はクロリアが持つ花を受け取り、腰のカバンに仕舞った。

シャルムさんに事件の調査をお願いしたのはいいものの、いざロメと会ったこのエリアに入ったら、僕の意識は再び彼女に向いてしまった。

シャルムさんの調査能力を疑っているわけじゃないけれど、心配性な僕は、何気なくどころか、積極的に銀髪少女の姿を探してしまっている。

「心配になるのは分かりますけど、それで本来の目的を見失ってはダメですよ」

「う、うん。本当にごめん。もう、大丈夫だから」

お姉さん口調《くちょう》でたしなめながらも、クロリアは屈む僕に手を伸ばして立たせてくれた。

「そもそも、このエリアにまだいるって証拠《しょうこ》はないし」

僕は空を見上げて呟いた。

むしろ、あの三人組が徘徊《はいかい》しているこのエリアに留《とど》まる理由なんてない。

すでに森から出て、近隣の別エリアに身を隠しているはずだ。

それなのに僕は……

「…………まあ、ルゥ君ですもんね。仕方ありません」

「う、うん……って、それってどういう意味？」

なぜか安堵するように口にしたクロリアの台詞に疑問符を浮かべて、僕は情けなく問う。

それを見た互いの従魔は嬉しそうに笑い、普段どおりの空気が戻りかけていた。

しかしそのとき……

「えっ……」

再び歩き出そうとした僕の視界に、小さくて黒い鳥の影が映りこんだ。

遠方に見える木々の間を素早く縫《ぬ》って飛び回り、地上にいる何かを執拗に追いかけている。

いつもの僕だったら、エリア内でモンスター同士が争っているのだろうと判断したけど、昨夜の出来事があったせいで、悪い予感を抱いてしまった。

「……あいつら！」

僕は走り出す。

直感に任せて黒い鳥の影を追い、森の中を全速力で駆けた。

突然のことで頭上のライムは落ちかけて〝キュルルッ⁉〟と鳴き、後方のクロリアは驚いた声を上げる。

「えっ？　ど、どうしたんですか、ルゥ君⁉」

そう言いながらも、クロリアは僕を追いかけてきてくれる。

黒い影へと接近するにしたがって、その後ろを追って走る三つの人影が視界に入ってきた。

やっぱり、昨日会ったあの三人組だ。

あいつらがいるってことは、今追いかけているのは……

「ミユウ、私とルゥ君に【クイックネス】です！」

「ミユミユウ！」

後方からのクロリアの叫びに合わせて、僕と彼女の体が薄青色の光に包まれた。

敏捷性《びんしょう》が増す補助系統魔法――【クイックネス】。

僕はすぐにその意図を悟《さと》る。

残りわずかの距離を一気に詰めるために、僕はさらに足に力を込めた。

あと五歩、四歩、三歩、二歩、一歩――

「待て！」

「――ッ⁉」

木の陰から三人組の目の前に飛び出す。

上空にはあの風魔法を扱《あつか》う怪鳥種の従魔もいて、彼らの後方には蝶《ちょう》型の昆虫種の従魔と、人の形をしたサボテンの植物種従魔までいる。

【クイックネス】の効果を得て先回りし、ちょうど彼らの進路を塞ぐ形で躍《おど》り出たので、大層驚かれた。

反射的に足を止めた彼らは、見覚えのある僕の顔を睨みつける。

「てめえは、昨日の……」

僕とクロリアはちらりと後方を見て、三人に追われていた者の姿を確認した。

彼らと同じように、僕らの登場に驚愕《きょうがく》している女の子。

まさか、まだこのエリアにいただなんて。

黒狼の背に跨り、目を丸くしているロメと、僕は再会を果たすことができた。

「どう……して……」

ロメは混乱していた。銀色の瞳を大きく見開き、その奥に戸惑いの色を浮かべている。

見ると、彼女の手足には昨夜よりもたくさんの傷がついていた。

どうやら、間一髪《かんいっぱつ》だったようだ。

目前の敵に注意を払いながらも、ロメの様子を窺っていると……

「この子が、ロメちゃんですか？」

クロリアが疑問を口にした。

「うん。そうだよ」

僕が頷くと、彼女はなぜか呆れた表情で、この場に相応しくない感想をこぼす。

「なるほど、確かに可愛らしい子ですね」

「う、うん……って、今はそれどうでもよくない？」

昨日のことをまだ根に持っているのか。

不思議と眼前の三人組より、ジト目でこちらを睨むクロリアの方が怖いと思った。

もうその話はいいじゃないか……と視線を送っていると、呑気なやりとりに苛立《いらだ》った男が怒声を発した。

「お前ら、ごちゃごちゃ言ってんじゃねえ！」

三人組のリーダー、小鳥モンスターの主人だ。

彼は昨夜と同様弓矢を構え、ロメの前に立つ僕を睨みつける。

「毎度毎度、あと一歩のところで出てきやがって、目障《めざわ》りなんだよ……てめえ」

彼らからロメを庇ったのは、昨日に続いて二度目。

再び邪魔をされて、さすがに頭に来ているらしい。

リーダーは右手に握った矢の先端で、僕らの後ろにいる少女を指し示しながら言った。

「俺らがそいつを追っている理由も、そいつがどんな奴かも知らねえだろうが。何も知らねえくせに、しゃしゃり出てくんじゃねえよ！」

その怒鳴り声に反応して、左右の二人も身構えた。

僕は黙って拳《こぶし》を握りしめ、色々な気持ちを抑《おさ》えつける。

やがて力を抜くと、怒りの顔を向ける三人にゆっくりと返した。

「確かに僕は、ロメのことを何も知らない」

どうして追われているのか。どんなものが好きなのか、嫌いなのか。

どういう女の子なのか。

彼らの言うとおりだ。僕は本当に何も知らない。

彼女は口数が少なく、たった一度しか会話をしていないから、何も知らないのは当然とも言える。

だからこそ……

「だからこそ、もっと知りたいって思うんだ」

「……」

ロメは何も言わなかった。

クロリアも、今は黙って話を聞いてくれている。

怒りの色を濃《こ》くする三人に、僕は続けた。

「僕はもっと、ロメと話がしたい。けれど、ロメがあなたたちに捕まったら、それもできなくなってしまう。理由はそれだけだ」

なんともくだらない、可愛い女の子のことをもっと知りたいという、邪《よこしま》な理由。

それを聞いたリーダーの男は青筋《あおすじ》を立てて、さらに鋭く僕を睨んできた。

「どうしても邪魔しようってんならよぉ……」

そう言って、男は右手の矢を弓につがえて、きりきりと全力で引き絞《しぼ》った。

照準をこちらに向けて、大きく叫ぶ。

「殺されても文句言うんじゃねえぞッ！」

その瞬間、上空の黒鳥が怪鳥種特有の甲高《かんだか》い鳴き声を響かせた。

同様に左右の二人も、己《おのれ》の従魔を前に出す。

サボテン男と巨大な蝶の従魔。

放たれた殺気が突風のように僕たちの全身を覆い尽くし、瞬時に僕らのスイッチを切り替えさせた。

頭上のライムを地面に下ろし、木剣を鞘から抜刀して構えをとる。

昨日は背中を見せて逃げ出すしかなかったけど、今日は違う。

相棒が隣に並んでくれる。

頼れる仲間たちが、後ろからついてきてくれる。

だから僕は、逃げ出さない。

リーダーの男が放った一矢を、僕が木剣で上手く弾き、戦いが始まった。

——従魔戦には、いくつかのセオリーが存在する。

一つは、従魔を前に出して戦うやり方。

主人は後ろから従魔と敵の様子を窺い、状況を見て使用するスキルを従魔に指示する。

たとえ従魔の力が劣《おと》っていても、主人の考える力によって、いくらでも結果をひっくり返すことが可能だ。

主人も戦闘の危険を回避できるので、多くのテイマーが採用している王道の戦い方である。

二つ目は、従魔と主人が一緒に前に出て戦うやり方。

今、僕とライムが練習している戦法だ。

主人が己の力で、もしくは従魔の能力を借りて、積極的に前線に出ていく。

主人が敵に狙われる危険がついて回るが、相手が一つ目の戦い方を採用している場合、二対一の構図に持ち込んで戦いを有利に進められる。

リスク相応のリターンが期待できる、超攻撃的な戦い方である。

ただし、主人がよほどの実力者であるか、従魔の能力が攻撃のみならず補助にも向いていなければ不可能だ。

それに、従魔が高ランク、高レベルになるにつれて、主人との実力の釣り合いが取れなくなってくるという問題もある。

利口《りこう》な者ならば、二つ目を選ばず一つ目の安全な戦い方を取る。

しかし、もっと利口な者ならば、もう一つの別の方法を取るだろう。

その、三つ目の方法とは……仲間との連携。

「おいお前ら、あれやるぞ！」

矢を放った直後、リーダーの男は左右の仲間に向けて叫んだ。

彼らは目を合わせて頷く。

その頃、僕とライムは、先手必勝とばかりに同じタイミングで駆け出していた。

いまだミュウの【クイックネス】の恩恵《おんけい》を受けている僕は、ライムに遅れることなく突き進んでいく。

すると、目の前にいる二体の従魔のうち、蝶型の従魔だけがこちらに飛んできた。

巨大蝶は、ライムの体当たりと、木剣の間合《まあ》いに入る直前で急停止し、それを見た主人が叫ぶ。

「カラミティパピヨン、【痺縛鱗粉《パラライズスケール》】だ！」

即座に、巨大蝶がパタパタと翅《はね》を震わせた。

突然のことに僕とライムは足を止めて様子を窺う。

蝶の翅からキラキラとした黄色い粉末が舞い、ゆっくりと僕らに向かって飛来していた。

――あれは、鱗粉《りんぷん》？

嫌な予感がした僕は、相棒と共に後方へと飛び退く。

スキルによって放たれた鱗粉――なんらかの攻撃と見て間違いない。

触れるのは危険だ。しかし、拡散する速度は遅いので、回避するのはかなり容易だった。

牽制のつもりだろうか？　ならこのままやり過ごして、横から回り込んでやる。

そう思って走り出そうとした矢先、鱗粉の向こう側からリーダーの声が聞こえてきた。

「ウィンドスワロー、【エアロブラスト】！」

「ピイィィィ！」

今度は上空に見える小鳥型の従魔が、黒い翼をバサバサと羽ばたかせた。

次第に前方からは強い風が吹いてきて、僕とライム、その後ろにいるクロリアたちも顔をしかめる。

——風魔法？　どうしてこのタイミングで？

と首を傾げたのも一瞬。脳裏《のうり》にぴりっと火花が散るのを感じた。

この風は攻撃が目的じゃない。

〝ヤバイッ！〟と直感し、僕は後方の仲間たちに向けて叫《さけ》ぼうとする。

「避け――――！」

しかし、すでに遅かった。

後方のクロリアとミュウ、そしてロメとマッドウルフは、全身を痙攣《けいれん》させて地に膝をついていた。

僕とライムも体に力が入らず地面に手をついてしまう。

体が思うように動かない。完全に麻痺してしまっている。

「鱗粉を……飛ばした……」

「はっ！　よく分かったたな、スライムテイマー」

なんとか顔を上げると、前方ではリーダーの男が愉快そうに僕を見下ろしていた。

先刻、蝶型の従魔が放った鱗粉の効果は、対象を痺れさせて自由を奪《うば》うこと。

それを怪鳥種の従魔が、風魔法を使って僕たちのところへ飛ばしてきたんだ。

油断している相手には、効果抜群《ばつぐん》の合わせ技である。

「行け、カクトスロード！」

僕らが動けずにいる中、不意に敵の一人が声を張り上げた。

サボテン男がゆっくりとこちらに近づいてくる。

いまだ周囲に鱗粉が充満しているのも構わず、奴は何事もないように目前まで歩いてきた。

カクトスロード。

植物種は毒や麻痺が効かないモンスターとして知られている。

だからこの鱗粉網の中を問題なく歩いて来られるんだ。

恐ろしいまでに完成された連携。

これこそパーティープレイの見本と言わんばかりの動き。

ただのテイマーではないと思っていたけど、まさかここまでの使い手たちだなんて……

「【覇樹鋭針《ニードルビック》】！」

サボテン男の主人が再び叫んだその瞬間、カクトスロードの両腕に無数の鋭利《えいり》な針が生《は》えた。

あんな腕で殴《なぐ》られたら全身穴だらけになってしまう。

今すぐにここから離れないと！

歯を食いしばり、懸命《けんめい》に体を動かそうとしているが、思うように動けず、眼前から迫る敵を睨むことしかできなかった。

僕目掛けて、針だらけの両腕が振り下ろされる。

——動けッ！　動けッ！　動けッ！

「【キュアー】！」

「ミユ、ミユウ！」

刹那《せつな》、後方から少女の声が響いた。

クロリアはなんとか声を絞り出し、従魔のハピネススライムに命令を出した。

すると僕らの体は白い光に包まれて、瞬《また》く間に全身から麻痺が消え去った。

「くっ——！」

すかさず僕は地面を転がり、すんでのところで針のハンマーを回避する。

見ると、サボテン男が振り下ろした両腕によって、地面はハチの巣のようになっていた。

クロリアが必死に声を出してくれていなかったら、今ごろ僕は……

ぞくりと背筋が凍りつく。

しかしすぐに意識を切り替えて、僕は右手の木剣を握りなおした。

現在、ミユウが持つ治癒魔法——【キュアー】のおかげで、全員の麻痺が解除《かいじょ》されている。

鱗粉の範囲内にいるのはサボテン男だけだ。

近接型の植物種のモンスター。

同じ植物種のウィザートレントと近い属性だろうけど、カクトスロードの攻撃力は段違い。

それに、あの針を出すスキル。攻撃のみならず、防御にも使われると、倒すのは極めて困難になる。ライムが体当たりしたら、逆にダメージをもらいかねない。

……となれば、攻略する方法はたった一つ。

〝分裂爆弾〟だ。

「ライム、【威嚇《ハウル》】だ！」

「キュル、ルゥウウウゥ！」

突然のスライムの咆哮を無防備に浴《あ》び、この場にいるほとんどの者の体が硬直した。

スライムのライムが獣種モンスターのスキルである【威嚇《ハウル》】を使うとは思っていなかったのだろう。

びりびりと空気が震える中で、奴らは大きく目を見開いて固まっている。

その隙に、僕はライムに向けて叫んだ。

「ライム、【分裂】だ！」

「キュルル！」

ライムの体からもう一匹のライムが飛び出してくる。

それは鱗粉の霧《きり》を突っ切り、硬直中のサボテン男に向かって跳ねていった。

素早く動けば、鱗粉の麻痺が効果を発揮する前に、動けない敵に近づくくらいなら可能だ。

「分裂ライム――！」

分裂ライムがサボテン男に接近したのを見て、僕は爆発の合図を発する。

しかし、それを打ち消すように、男の叫び声が響いた。

「ニ……【覇樹針弾《ニードルバレット》】！」

サボテン男――カクトスロードの主人だ。

先刻のクロリアのように必死に声を絞り出したらしい。

するとサボテン男は中途半端に上げていた右手から、数本の針を撃ち出した。

「しまっ……！」

まさか針を飛ばすスキルもあったなんて。

おそらくあの主人は、分裂体からなんらかの危険を感じ取り、分裂ライムを消しにきた。

数多くの従魔戦を経験してきたからこそ、即座に判断し、対応できたんだ。

予想外の攻撃を前に、分裂ライムは飛来する鋭い針を呆然《ぼうぜん》と見つめていた。

あんなのに貫《つらぬ》かれたら、せっかくの分裂が水の泡《あわ》になってしまう。

「【獣覚鋭敏《ビーストセンス》】！」

一瞬の猶予《ゆうよ》もない中、今度はロメの声が僕らの耳を打った。

次いで、黒狼の咆哮が森を揺さぶる。

「グラァァァ！」

すると一瞬、分裂ライムとサボテン男の間を、黒い影が横切った。

この場にいる六種の従魔の中で、おそらく最速の動き。

分裂体を消すために放たれた針は、いつの間にか地面に叩き落とされていた。

【威嚇《ハウル》】は元々、獣種のモンスターのスキルだから、同じ種のモンスターには効き目が薄い。

今この瞬間、ライム以外でまともに動けるモンスターは、マッドウルフだけだ。

ロメとマッドウルフが助けてくれた。

そうと分かった途端、僕は意識を攻撃に引き戻して叫んだ。

「【自爆遊戯《デッドリーボム》】！」

「キュルルル！」

分裂ライムが可愛らしい鳴き声を響かせ、サボテン男の眼前で炸裂《さくれつ》した。

爆風によって鱗粉が霧散《むさん》し、衝撃波は周囲の木々を激しく揺さぶる。

指示を出すために木剣を突き出したままの僕は、布服の裾を煽《あお》られながらも、爆発の中心地を見据えていた。

黒く焦げた地面の上に、カクトスロードなるサボテン男が横たわっているのが見える。

「……よしっ」

強く左拳を握りこむ。

瞬《まばた》きも許されなかったギリギリの攻防に、なんとか押し勝つことができた。

安心感と嬉しさを覚えていると、敵の硬直がようやく解《と》けた。

男の一人が詰まっていた息を吐き出し、舌打ち交じりに毒づく。

「デ、【自爆遊戯《デッドリーボム》】だとッ⁉　なんでスライムが……！」

その驚きは、最初の【威嚇《ハウル》】でも感じていたことだろう。

なぜ普通《ノーマル》のスライム風情《ふぜい》が、いくつものスキルを習得しているのか——彼らは疑問と恐れに満ちた目をライムに向けた。

そんな一瞬の隙を見逃さず、少女とハピネススライムの声が森の中に響いた。

「ミュウ、【ヒール】です！」

「ミュミュウ！」

そしてライムの体が薄黄色い光に包まれる。

これで分裂によって半分に減っていた体力が完全に回復してくれた。

「ライム！」

「キュル！」

僕は相棒の名を叫ぶ。

ライムは僕の声に応えて敵の方へと走り出す。

想定外の事態に陥《おちい》った彼らが、次に取る行動。

攻撃の要《かなめ》であったサボテン男がやられてしまい、一度態勢を立て直す時間が欲しいはず。

となれば、時間稼ぎにもってこいの、あの〝鱗粉風〟が再び来る。

「【痺縛鱗粉《パラライズスケール》】！」

その予想に違《たが》わず、男の一人が蝶型の従魔にスキル使用を命じた。

二度目となる黄色い鱗粉が、キラキラとこちらに近づいてくる。

――チャンスッ！

思わずニヤリと笑みがこぼれる。

わずかに遅れて、僕も相棒に指示した。

「ライム、【分裂】だ！」

「キュル！」

ポヨンッ！　となんとも小気味よい音を立てて、二匹目の分裂ライムが現れた。

再度、木剣の切《き》っ先《さき》で敵の方角を示す。

対してリーダーの男も、上空を漂う小鳥型の従魔を呼んだ。

「ウィンドスワロー――！」

「分裂ライム――！」

二人の声が重《かさ》なる。

奇《く》しくも、スキル発動のタイミングまでばっちり同調してしまった。


「【エアロブラスト】！」

「【自爆遊戯《デッドリーボム》】！」


二体の従魔の叫びに呼応して、突風が吹き荒《あ》れる。

目の前で起きた二つの現象。

黒鳥が起こした風は自爆した分裂ライムの衝撃波に呑まれ、鱗粉もろとも押し返される。

「い……けえぇぇぇ！」

髪や服を激しく煽られながらも、僕は目を細めて懸命にその勝敗を見届ける。

勝ったのは、ライムの【自爆遊戯《デッドリーボム》】だった。

「ぐ……あああぁぁぁ！」

向こう側からリーダーの叫び声が聞こえた。

嵐が通り過ぎたような景色の中、僕はその三人と二匹の従魔が地面に倒れているのを確認した。

奴らは皆、押し戻された鱗粉の麻痺効果と【自爆遊戯《デッドリーボム》】で受けたダメージによって動けないようだった。

完成された連携も、一度見ていれば付け入る隙がある。

パーティープレイにパーティープレイで応えた血戦《けっせん》。

誰か一人でも欠けていたら得られなかっただろう勝利に、僕はこの上ない高揚《こうよう》感を覚えていた。

なんとか気持ちを落ち着けて、僕はゆっくりと彼らのもとに歩み寄っていく。

その途中で相棒を抱き上げて、定位置である頭の上に乗せてあげた。

リーダーの男は体が麻痺して動けないらしい。

今度は彼を見下ろし、右手に握った木剣の切っ先を突き付けた。

そしてライムと共に、大きな声で宣言する。

「僕たちの、勝ちだ！」

「キュルキュル！」

その宣言に、ロメが小さな声を上げたような気がした。

木の蔓《つる》を使って、三人の男の手首をそれぞれ背中側でぎゅっと縛《しば》る。

蔓は驚くほど頑丈《がんじょう》で、大人の男でも引き千切《ちぎ》るのは難しそうだ。

僕はさらに三人を大木の幹に縛り付けて逃げられないようにした。

パンパンと手を払い、誰に言うでもなく呟く。

「……こんな感じかな」

拘束《こうそく》した三人組を一瞥《いちべつ》し、僕は小さく息を吐いた。

森の中で拘束に使えそうな蔓が見つかってよかったけど、正直、人を縛るのなんて初めてだから、全然勝手が分からなかった。

今この場には、三人組以外に僕とライム、それからロメとマッドウルフしかいない。

この三人を正式に捕まえてもらうために、クロリアとミュウには、ギルドに人を呼びに行ってもらったのだ。

それで僕らは彼女たちが帰ってくるのを待っているんだけど……

敵が麻痺しているとはいえ、さすがに三対二の状況は不安になってくるなぁ。

指示を出されたら困るから、従魔の方も縛っておこうかな。

そう考えて、僕は横たわっている黒鳥のもとに歩み寄った。

このパーティーは幾度《いくど》となく僕の予想を覆《くつがえ》してきたので、念には念を入れておかないと。

ほとんど動かない黒鳥を縛りながら、僕はちらりと後方を見やる。

そこにはマッドウルフを傍らに侍らせて、森の地面に目を落とすロメの姿があった。

先程とは打って変わった静寂《せいじゃく》に包まれてとても居心地《いごこち》が悪かったので、なんとなしに彼女に声を掛けてみる。

「怪我とかしなかった、ロメ?」

「えっ?」

不意に問いかけられて、ロメは戸惑った様子を見せる。

だけどすぐにまた目を伏せて、こくっと小さな頷きを返してくれた。

「………うん」

「……そっか」

どうやら、話したい気分じゃないみたいだ。

まあ、目の前に自分を狙った三人組がいるので、穏やかな気持ちではいられないだろう。

本当なら今すぐこの場を離れてもらった方がいいのかもしれない。

クロリアとミュウに同行させて、ギルドに保護してもらった方がよかったかな。

今さらそんな案が浮かぶけど、もう遅い。

黒鳥を縛り終えた僕は、蝶を拘束しながら三人組のリーダーに素朴《そぼく》な疑問を投げかけた。

「どうしてロメのことを追いかけてたんだ?」

「……」

そろそろ口がきけるくらいには麻痺が抜けたはずだけど、奴は答えない。

無論、他の二人も視線すらこちらに向けなかった。

奴らが言ったとおり、僕はロメについて何も知らない。

どうして追われているのか。この三人組と何か関係があるのか。

知りたいとは思っているんだけど、ロメは理由を話したがらない——ていうか、そもそも会話をする気などないみたいだ。

とはいえ、彼らだって負けた相手にわざわざ教えることなんて何もないだろう。

僕には自白《じはく》させるようなスキルも心得《こころえ》もないので、諦めるしかない。

そう思っていたのだが、意外なことに、不意にリーダーの男が口を開いた。

「理由は話せねえが、何も知らねえてめえに、これだけは教えといてやる」

「えっ……？」

驚いて視線を向けると、大木によりかかる形で拘束されているリーダーが、不気味に口元を歪めていた。

頭の上のライムと僕は自然と身を固くする。

どういう風の吹き回しだと問い返したかったけれど、次に紡《つむ》がれた言葉を聞き、僕は奴の意図を悟った。

「そいつは、呪われたガキだ」

「……」

呪われた子供。

何を言うかと思えば、負けた腹いせにロメを罵倒《ばとう》するだなんて。

それとも、僕がそんな言葉を信じて態度を変えるとでも思ったのか？

振り返ると、ロメはどこか肩身《かたみ》が狭《せま》そうに、縮こまって目を伏せていた。

リーダーの男は眼前で身構える僕ではなく、その後ろのロメに語りかけるようにして続けた。

「そいつがいるだけで、周りの連中が迷惑することになる。どこにも居場所がない、忌《い》み嫌われた存在だ。だからこそ俺らみてえなのに狙われて、こうやって関係ねえ他の連中も巻き込んでいくんだろうが」

「……ッ！」

ロメは鋭く息を呑み、震えながら自身の両腕を抱く。

〝呪われている〟と表現したのは、無関係の僕らが戦いに巻き込まれたから？

でも、この状況が誰のせいで引き起こされたのかといえば、それは言うまでもなく〝僕のせい〟だ。

僕は自分の意志でロメを助けて、戦いに参加した。

だというのに、彼の言い草では、その原因が全面的にロメにあるみたいじゃないか。

あいつが勝手にそう思うのは構わない。

だけど、それをロメの目の前で言うのは、嫌がらせ以外の何ものでもなかった。

心の底から、怒りが湧いてくる。

静かに憤怒《ふんぬ》する僕の前で、なおも奴はロメを罵《のの》った。

「てめえみたいなガキはな、誰かと一緒にいる資格なんてねえんだよ！　誰かに助けられる意味も、助けを求める権利もない！　周囲に不幸を撒《ま》き散らす呪われたガキだ！　そこらへん、きっちり自覚してんのか、クソガキが……」

「キュル！」

突然、頭の上のライムが地面に下りて、リーダーの男に体当たりをかました。

強烈な一撃を受けて、彼は〝ぐあっ！〟と息を詰まらせる。

【限界突破《リミットブレイク》】を発動したわけでもないのに、頬を真《ま》っ赤《か》にしたライムは、僕の怒りまで体現するようにリーダーを攻撃した。

彼がどういう意図でこの台詞を口にしたのか、ライムも分かっているらしい。

リーダーの男がやられて、横の二人が眉《まゆ》を吊り上げる。

そしてそのうちの一人――サボテン男の主人が、ロメと自分の従魔に目を走らせ、獰猛な笑みを浮かべた。

「【覇樹針弾《ニードルバレット》】！」

瞬間、ロメのさらに後方で従魔の呻《うめ》きが聞こえた。

まだ縛り上げていないカクトスロードが、倒れたまま懸命に右手を上げる。

「ロメっ！」

僕は反射的にロメのもとへと駆けだしていた。

【自爆遊戯《デッドリーボム》】をまともに食《く》らって瀕死《ひんし》のカクトスロードに、スキルを放つ余力があったなんて。

奴は無防備な背中を見せるロメに狙いを定め、真後《まうし》ろから鋭利な針を飛ばした。

僕の声を聞き、彼女はようやく意識を引き戻す。

リーダーの男に動揺させられたからだろうか、幾度も危機を脱してきたロメにしては、とんでもなく反応が遅れた。

僕は走り出した勢いのまま逆手《さかて》で木剣を抜き、反対の手で彼女を押しやる。

それが精一杯だった。

「ぐっ……！」

左肩に激痛が走る。

咄嗟《とっさ》に木剣を掲げてみたけれど、高速で撃ち出された針を防ぎ切ることはできなかった。

ダメージを負った僕は、ロメと共に地面に倒れ込む。

傍らにいたマッドウルフは、心配そうに彼女の顔を覗き込んでいた。

次いで、その隣に転がる僕を気遣い、傷の具合を確かめるように鼻を近づける。

「あっ――――！」

体を起こしたロメが、僕の傷を見て声を上げた。

数十本の針が隙間なく刺さり、僕の左肩は見るに堪えない状態だ。

「わ、私の……せいで……」

ロメはうろたえた様子で声を震わせる。

痛みでそれどころではなかったけれど、僕はなんとか視線を動かし、敵の動きを確認した。

カクトスロードは今度こそ力を使い果たし、黒焦げた地面の上で気を失っていた。

他に攻撃できる従魔はいない。

もう大丈夫だと言おうとしたけど、それより早くリーダーの男がロメに向かって叫びを上げた。

「そら見ろ！　誰のせいでそうなったと思ってやがる！　他でもねえ、てめえだろうが！」

「――ッ！」

リーダーの男は顔をしかめながらも嫌がらせを続ける。

特に理由なんてない。ただ言いがかりで、捕らえそこなった腹いせにロメを苦しめているだけだ。

本当に、こいつだけは……

「大人しく捕まればいいのによぉ、惨《みじ》めに逃げ回りやがって！　そんなに他の誰かを道連れにしたいのかよ!?」

「ライムッ！」

「キュル！」

ライムの怒りの体当たりが、リーダーの下顎《したあご》を的確に突き上げた。

それっきり、リーダーの全身から力が抜け、首がだらりと垂れ下がる。

どうやら気を失ったようだ。

最初からこうしておけばよかった。

そうすれば、不快な言葉を耳にすることはなかったのに。

怒りを燃やすライムは、続いて隣の二人にも体当たりをかまそうとして睨みつける。

それに恐怖したのか、彼らは黙って目を逸らした。

ようやく諦めてくれたらしいと安堵の息を吐いてみたものの、その拍子《ひょうし》に左肩に激痛が走って呻き声が漏れてしまった。

こっちもどうにかしなきゃならないけど、今は下手に触らない方がいいかな。

クロリアとミュウが帰ってきたら、回復魔法を使ってもらいながら針を抜こう。

ゆっくり体を起こして地面に座り込んでいると、視界の端《はし》にロメの姿が映った。

彼女はいまだ僕の傷口をじっと見つめて、うわごとのように何かを呟いていた。

「私の……せいで……」

「……ロメ？」

明らかに様子がおかしい彼女に、僕は言い知れぬ不安を抱く。

瞳は慌ただしく泳ぎ、呼吸は荒く、寒くもないのにガタガタと震えている。

僕は彼女を落ち着かせようと、ゆっくりと右手を伸ばした。

しかし――

パンッ！　と、その手は払われてしまった。

「………………えっ」

呆けた声が漏れる。

ロメは僕の手を弾き、深く顔を俯けていた。

「も、もう……」

虫の翅音《はおと》にも満たない涙声。

ロメは僕と目を合わせることなく、悲痛《ひつう》な声を響かせた。

「もう私に、近づかないで！」

ロメは叫ぶと同時にマッドウルフの背に跨り、この場から走り去るように命令する。

彼女たちは木々の間を縫って、瞬く間に森の奥へと駆けていく。

しばらく言葉を失っていた僕は、遅れてハッと我に返った。

「……ロ、ロメ！」

まるで僕から逃げるようにして去っていくロメの後ろ姿に向けて叫んだ。

しかし彼女は足を止めず、そのまま森の奥に姿を消した。

追いかけたいのは山々だけど、怪我をしている僕にマッドウルフに追いつくだけの気力は残っていなかった。

それに、ここにはまだ三人組が残されている。

クロリアたちがギルドの人を連れてきてくれるまでは、この場を離れられない。

何より……

ロメに拒絶《きょぜつ》されたという現実が心に重くのしかかり、彼女のことを追いかけられなかった。

5

ロメとはぐれてからしばらくして、クロリアたちが戻ってきた。

三人組は、彼女が連れてきたギルド職員によって街へと連行された。

その場に留まった僕たちだったが、当然、クロリアは僕の傷と姿を消したロメのことを気にして事情を尋ねてくる。

僕は肩の傷を治療《ちりょう》してもらいながら、ロメがいなくなった経緯《けいい》を説明した。

クロリアは大層驚き、その場に居なかった自分のことを責めた。

でも、クロリアは悪くない。ロメも悪くない。

悪いのはあの三人組で、ちゃんとロメを守ることができなかった僕だ。

治療を済ませた僕は、真っ先にロメが姿を消した方へと駆け出した。

クロリアたちも何も言わずについて来てくれて――目的が変わったけど――僕らはエリア探索を再開させた。

ロメはまだ、それほど遠くへは行っていないはず。

急いで探せば、暗くなる前に見つけられるかもしれない。

会ってなんて言えばいいのか分からない。

彼女に拒絶された理由も分からないけど、それでも僕は彼女の姿を探してフローラフォレストを駆け回った。

しかし――


捜索《そうさく》は難航《なんこう》し、六時間が経過した。

彼女の姿は、いまだに見つかっていない。

「ロメー!!」

すっかり暗くなった森の中に、僕の叫び声が響き渡る。

周囲の木々から鳥が飛び立ち、その音は夜の森の不気味《ぶきみ》な雰囲気を一層引き立てた。

辺りを見回しながら叫ぶ僕に、後ろからクロリアが忠告してくる。

「ちょ、ちょっとルゥ君、そんなに大きな声を出したら……」

何が言いたいのかは分かっているつもりだけど、明らかに冷静さを欠いた今の僕にはそれに応える余裕がない。

いたずらに時間ばかりが過ぎ、心中の焦りを加速させる。

何より、最後に見たロメの悲しげな後ろ姿が、不安をかき立てる。

まるで自分を責めているような……

嫌な想像ばかりが頭をよぎる。

魔物に見つかるのもお構いなしで走り回っていると、案の定《じょう》、森の狩人《かりゅうど》に嗅《か》ぎつけられてしまった。

「ガルゥゥゥ！」

唸り声を上げながら、前方の木の陰から一匹の狼が姿を現す。

怒りを体現するように黒い毛を針のように逆立てて、鋭い目つきでこちらを睨むマッドウルフ。

ロメの従魔ではない。

僕は目の前の狼の図体《ずうたい》の大きさを見て即断《そくだん》した。

ロメが連れていたマッドウルフは、まだ幼くて、明らかに一回り小さかった。

僕は躊躇なく左腰の鞘から木剣を抜刀する。

――邪魔だッ！

「ど……けえぇぇぇ！」

予想どおり飛び掛かってきた黒狼を、右手の剣で打ち据えて弾き返す。

ダメージそのものはないようだが、わずかに生まれたその隙を逃さず、僕は叫ぶ。

「ライムッ！」

「キュルキュル！」

すかさず屈んだ僕の後ろから、水色の影が砲弾のように飛び出した。

ライムはがら空《あ》きになっていた黒狼の腹を空中で捉え、頭突《ずつ》きを叩き込む。

吹き飛ばされたマッドウルフは、後方の大木にめり込み、鳴き声を上げる間もなくその身を散らした。

出会ってからほんの数秒。

今まで苦戦を強《し》いられていた難敵《なんてき》を、速攻で黒い結晶へと変えた僕とライムは、魔石を拾いもせず森を走り続けた。

その姿が異様に映ったのだろう。

クロリアが後ろから服の裾を掴んで僕を止めた。

「はぁ……はぁ……はぁ……」

僕とクロリアはまったく別の理由で呼吸を乱していた。

「少し、落ち着いてください、ルゥ君」

「はぁ……はぁ……はぁ……」

ひどい焦りで鼓動《こどう》が速まり、知らず知らずのうちに手足が震えてくる。

全然周りが見えていなくて、クロリアが疲労していることにも気が付けなかった。

僕は、言い訳がましく今抱えている不安と後悔を口にする。

「あいつらに、あんなことを言われたから、ロメは……」

「彼女のことも確かに心配ですけど、闇雲《やみくも》に夜の森を動き回るのはとても危険です。それに、私たちは今日すでに従魔戦を経《へ》ています。ちょっとは休まないと」

「で、でも……！」

反論しようとした瞬間、僕は本当に、本当に今さら気づかされる。

クロリアの頭上に乗っているミュウ。そして僕の足元にいるライムが、主人たちの比にならないくらい疲弊《ひへい》した様子を見せていた。

当たり前だ。

数々の戦闘で一番疲れているのは従魔たちに決まっている。

ライムは〝まだ大丈夫〟と言いたげにこちらを見上げているけれど、回復魔法と補助魔法で魔力を酷使《こくし》したミュウはもうふらふらで、いつクロリアの頭の上から落ちても不思議じゃない。

冷静さが戻ってきて気づいたけど、今の僕の体は異様なまでに軽かった。

たぶん、捜索中も時々補助魔法を使ってくれていたのだろう。

そんなこととも知らず、僕は本当にバカだった。

クロリアの言うとおり、このまま捜索を続けるのは危険だ。

僕の身が――ではない。

仲間たちが危ない目に遭う。

「……うん、ごめん」

ようやく落ち着きを取り戻した僕は、仲間たちに深く頭を下げた。

ロメの行方《ゆくえ》はもちろん気になるけれど、今気にするべきは仲間たちの安全だ。

それに、幾度もあの三人組から逃れてきたであろう彼女なら、おそらく一人でも大丈夫だろう。

僕が変に気にすることじゃない。

僕は自分にそう言い聞かせて焦りを鎮める。

そもそも、僕がロメを気に掛ける理由すらあやふやなのだから。

どうして僕は、あの年端《としは》もいかない少女のことを、ここまで心配しているのだろうか。

……分からない。

捜索を断念《だんねん》した僕らは、後ろ髪を引かれる思いで帰路についた。


探索で慌ただしく走り回っていたときと違って、帰り道は静かなものだった。

何事もなく街に到着すると、クロリアはまず〝ギルドに行きましょう〟と提案してきた。

どうやらギルドの人を呼びに行った際に、シャルムさんに街に帰ってきたら寄るように言われていたらしい。

ということで、僕らは宿に戻る前に一度冒険者ギルドに立ち寄ることにした。

汗も疲れも落とさぬままギルドの建物に入ると、受付カウンター手前の応接用ソファに腰掛けていたシャルムさんと目が合った。

彼女は僕たちの来訪《らいほう》に気が付くと、驚いたように立ち上がる。

どうやら、相当心配させてしまったらしい。

「よく無事で帰ってきたな。三人の非道なテイマーを捕まえたと聞いたときはかなり驚いたが、その後帰りが遅いから心配したぞ」

駆け寄ってきた彼女は安堵の表情で僕らを労った。

「す、すみません」

仲間を危険に晒《さら》したこと、結局ロメを見つけられなかったことへの後悔が押し寄せ、僕

下ろした。

シャルムさんは何やら話したいことがあるらしく、僕たちは彼女の勧めでソファに腰を
はがくりと項垂《うなだ》れる。

「それで、話って……」

僕が問いかけると、シャルムさんは右肩に乗った従魔のレッドアイを撫でながら答えた。

「実は私も、君に言われたことを少し調査していたんだ」

「えっ？　それって……」

「三人のテイマーと、謎の少女について」

僕は思わずソファから腰を浮かせ、前のめりになって聞く。

「もしかして、何か分かったんですか⁉」

「……あ、あぁ」

僕の大袈裟な反応に驚きつつ、シャルムさんは鈍い頷きを返してくれた。

今日、エリア探索に行く前に、彼女にロメのことを話した。

その際、〝こちらでも調べてみるとしよう〟と言ってくれたのは覚えている。それから
まだあまり時間が経っていないというのに、もう何か掴んだとは。

「お、教えてください！　どうしても知りたいんです！　ロメのこと」

大きな声を出したせいで、ギルド職員や他の冒険者の視線が集中する。

でも僕は、そんなものを一切意に介《かい》さず、必死に懇願《こんがん》した。

どういうわけか、このままあの少女を放っておいてはいけないような気がしてならない。

なぜあんな物騒な連中に追われていたのか——知りたいことは山ほどある。

僕は彼女について、何も知らないから。

「ま、まあ、君のことだから、当然そう言うと思った」

シャルムさんは僕の勢いに少しうろたえながらも頷いた。

しかし……まるで何かを躊躇うように顎に人差し指を添《そ》えて、思案する様子を見せる。

「さて、何から話したものか……」

不思議と、僕にはそれが、〝何から話すか〟ではなく〝何を選んで話そうか〟という風に聞こえた。

話したいことはある。けど、話したくないことも同じくらい存在する。

僕があまりに真剣なので、何か危うさを感じたんだろう。

だから話す内容を限定し、これ以上僕らを危険な目に遭わせないように配慮《はいりょ》してくれている。

それを察した僕だったが、そこまで分かってなお、より強く懇願した。

危険ならば、ロメがそんな状況にいるならば、なおさら聞かなくちゃならない。

僕らはもう彼女と、関わり合ってしまったんだから。

――もう私に、近づかないで！

不意に脳裏に蘇る、彼女の叫び。

ここで逃げ出すわけにはいかない。

たとえロメになんと言われようとも、絶対に彼女のことを助ける。

決意を新たにシャルムさんの言葉を待つ。

すると、彼女はこんな質問をしてきた。

「『カルム族』……というのを、聞いたことがあるか？」

「カルム族……ですか？」

「あぁ」

聞き覚えのないその言葉に、僕は首を傾げる。

どこの民族だろうか？

ちらりと真横のクロリアに視線を送ると、彼女も同様にきょとんとしていた。

僕らのその様子を見たシャルムさんは、カルム族について説明を始めた。

「辺境《へんきょう》の地にいたとされている、少数民族だ」

「へ、へぇ……」

まるで聞いたことがなかった。

故郷のパルナ村もずいぶんな田舎《いなか》村だったから、都会ならまだしも、はるか遠くの辺境村についてはさっぱり情報が入ってこない。

「そ、それで、ロメとそのカルム族にはなんの関係が……？」

僕は当然の疑問を口にする。

「まだ推測の域を出ないのだがな。そうだな……まずはカルム族の特徴《とくちょう》から話そう」

ロメについて話すには前置きが必要らしい。

シャルムさんは優美な動作で腕を組み、説明を続ける。

「彼らは普通の人間とは違った、特異な力があるとされているんだ」

「特異な……力？」

「村人のごく少数のみに発現するとされている、理《ことわり》から外れた力――『テイム』と呼ばれる能力だ。触れた野生モンスターに命令し、まるで従魔のように使役《しえき》することができるという」

彼女はそう言って、右手の平を掲げた。

「……テイム」

理から外れた力――テイム。

僕たち一般的なテイマーとは根本的に異なる能力で、にわかに信じがたい話だった。

しかし、シャルムさんが言うことならば間違いはないのだろう。

彼女は右肩の従魔レッドアイに指先で触れながら、カルム族についての話を続ける。

「普通、我々人間は、成人を機に『召喚《しょうかん》の儀《ぎ》』と呼ばれる儀式を受け、従魔を授かる。しかし、一部のカルム族の人間は、召喚の儀を受けずとも従魔を使役することができる。野生モンスターの中から選んで〝テイムする〟という方法でな。我々から見れば、恵まれた力の持ち主たちだ」

もしそんなことが可能ならば、自由に従魔を選べる。

つまり、必要に応じて強力なモンスターや、有用な能力を持つモンスターを選べるということだ。

「もちろん、良いことばかりではない。そんな力を持っているとなれば、それを利用しようとする輩《やから》が大勢寄ってくる。反対に、強力な能力を危険視する勢力も現れる。だからこそ彼らは、人里離れた辺境の地でひっそりと暮らしていたのだ」

テイムと呼ばれる力を持ち、揉め事の類を避けるために辺境の地に暮らす少数民族。それが、カルム族の特徴だった。

ふと、シャルムさんの顔に暗い翳《かげ》が落ちる。

「そんな彼らに、ある事件が起きた」

「えっ？」

「カルム族の力を利用しようとする者がいるように、当然カルム族の中にも良からぬ考えを起こす者がいた。そいつらは使役した野生《やせい》モンスターを自分の力だと過信《かしん》し、さらに強く、より希少な野生モンスターを求めるようになった」

話を聞く限り、僕にはそれが自然なことのように思えた。

もしテイムみたいな力があるなら、どんなテイマーだってより強いモンスターを求めるはずだ。

従魔は自分の力になる。強ければ強いほど良い。

さすがに自分自身の力だと過信はしないけど、そう考える人がカルム族の中にいても不思議ではないと思った。

しかし……それに続く言葉は衝撃的なものだった。

「そのせいで、カルム族は滅《ほろ》びた」

「えっ……」

シャルムさんは、驚きで声を詰まらせた僕に、少し前の発言を思い出すように促《うなが》した。

「言っただろう？　辺境の地にいたとされている、となと」

「そ、それじゃあ今は……」

「数十年前に起きたその事件をきっかけに、村ごと滅《ほろ》びてしまった。たった一夜の出来事だったと言われている」

たった一夜で、村ごと滅びてしまった？

いくらなんでもそんなことがあり得るのだろうか。

もちろん、一般的な村落《そんらく》ならば、Aランクの野生モンスターの襲撃に遭えば滅びてしまうこともあるけど、今話に上がっているのはカルム族だ。

テイムの力で好きな野生モンスターを使役できる特殊な民族。ある程度強力な従魔が揃っているに違いない。

それに、召喚の儀を受ける前から従魔を使役することができるので、テイマーとしての経験ならどの種族よりも積んでいるはず。

なぜ、たった一夜で……

「そ、その事件って……」

怯えを紛らわせようと、膝上の相棒を抱き寄せながら聞いてみると、シャルムさんは重々しく答えた。

「『暗黒獣事件』。カルム族を知らないなら、これも知らないか」

「暗黒、獣？」

あれ？　どこかで聞いたような……

しかし、記憶の糸はそこでぷつりと切れてしまい、思い出すまでには至らない。

難しい顔をしながら再びクロリアに目を向けるも、彼女もかぶりを振って〝知りません〟と伝えてきた。

そんな僕らの様子を見て、シャルムさんは一つ頷く。

「となれば、まず『暗黒獣』について話さねばなるまい」

「は、はい。すみません」

「いや、謝る必要はない。それにしても、最近の若い子は知らないのか。まあ、暗黒獣という名で呼ばれているのはこの辺りだけだからな」

この辺り、というと、都会だけということだろうか。

田舎から出てきたばかりの僕たちにとっては、馴染《なじ》みのない名前だ。

シャルムさんは暗黒獣の説明を始める。

「暗黒獣というのは、従魔の成《な》れの果《は》ての姿……不運な従魔の行きつく先といったところだ。こんな与太話《よたばなし》を聞いたことはないか？　この世に未練《みれん》を残し、主人の死について行かなかった従魔が……」

僕はシャルムさんの言葉を継《つ》ぐ。

「……野生モンスターになる。その話なら聞いたことがあります」

「なら早い。実はそれはまったくの出まかせ——というか、事実と大きく異なる。正しくは野生モンスターではなく、〝暗黒獣が誕生《たんじょう》する過程〟の話だ」

「えっ……⁉」

思わず僕は目を見張《みは》る。

パルナ村にいたときに聞いた、野生モンスター誕生。

その一つとして頭に入っていたのが――この世に未練を残し、主人の死について行かなかった従魔が野生モンスターの正体という話だ。

真実だとは思っていなかったけど、まさかそれが暗黒獣誕生までの過程だったとは。

「普通、従魔というのは、主人が死んでしまえばその後を追うようにして消えてしまう。もし主人が寿命《じゅみょう》でこの世を去り、その後について行けたのだとしたら、それが従魔にとって最高の終わり方だと皆も言うだろ。しかし例外として、ごく稀《まれ》に主人の死について行かない従魔がいる」

シャルムさんは、右肩に乗った自分の従魔に気遣わしげな視線を向ける。

「まるでこの世に未練や恨《うら》みを残しているように、主人の手から離れた従魔は凶暴になり、従魔時代とはかけ離れた強さを手にするとされている。その後は野生モンスター同様に自由にエリアを徘徊《はいかい》し、他者を見つけては手当たり次第に攻撃する邪悪《じゃあく》な存在へと変貌《へんぼう》する」

「それが暗黒獣、ですか?」

冷や汗を流しながら問う僕に、シャルムさんは真剣な面持ちで頷いた。

「あぁ」

主人と従魔は一心同体。主人の命が尽きれば、従魔も同じように消えてしまう。

それは世界の法則であり、もちろん僕やクロリア、シャルムさんをはじめとしたテイマーたち全員に当てはまることだ。

本当に主人の死についていかない従魔がいるというだけでも驚きなのに、それらが従魔時代とはかけ離れた強さを手にして、誰彼《だれかれ》構わず攻撃するなんて……

『暗黒獣』と命名された理由が、痛いほどに分かってしまった。

汗ばんだ両手を握りしめていると、突然クロリアがハッとなって口を開いた。

「も、もしかして、カルム族が求めた〝より強いモンスター〟っていうのが……」

「お察しのとおり、暗黒獣だ」

「……」

これにはさすがに、驚きというよりも呆れた気持ちを抱いてしまった。

テイムの力で野生モンスターを使役するならまだいい。

けれど、元々は誰かの従魔だった暗黒獣を自《みず》らの従魔にしてしまおうなどとは、合理的かもしれないが、褒められた方法ではないと思う。

そもそも、そんなことが可能なのだろうか？

「そこらにいる野生モンスターなどとは比べ物にならないほど強く、ある意味どんな従魔よりも希少なモンスターだ。テイムの力を使い、自らの従魔にしようと考える者がいても不思議ではない。だがしかし、結果的にそれは失敗に終わった」

次いで彼女は、再び右手の平を掲げて続ける。

「テイムの能力にも限界があるそうだ。あまり詳《くわ》しくは知られていないが、高ランク高レベルになるにつれて、野生モンスターは使役しづらくなるらしい。個人差によってテイムの拘束力も変わるそうだが、なんにしても暗黒獣を使役するなど、不可能だったというわけだ」

テイムの能力にも限界があり、ランクやレベルによって失敗する可能性も上がってくるというなら、通常の従魔よりも強力な暗黒獣の使役がどれほど困難かは想像できる。

ならば一体、どれくらいの野生モンスターならテイムが成功するのだろうか。

そんなことも気にはなったのだが、僕は再びシャルムさんの話に意識を集中した。

「それが原因で暗黒獣の怒りを買ったカルム族は、村ごと滅ぼされてしまった。中には事件に巻き込まれずに生き残ったカルム族もいるそうだが、数はとても少ないらしい」

ここまで聞いて、この話がロメという少女に結び付く流れが、なんとなく僕にも分かってきた。

「カルム族を滅ぼした暗黒獣は、それでも人間への怒りが収まらず、ついにはテイマーズストリートなどの大都市まで侵攻《しんこう》してきた。これに対して、数多くの凄腕《すごうで》テイマーたちが応戦し、死闘の末に討《う》ち取った——それが『暗黒獣事件』の一連の流れだ。君たちは事件当時まだ生まれていなかったはずだから、知らないのも無理はないか」

「は、はい」

シャルムさんは暗黒獣事件の詳細を丁寧に語ってくれたけれど、スケールが大きすぎて僕にはまるで実感が湧かず、反応が鈍くなってしまう。

彼女はそれで気を悪くすることもなく、いよいよあの少女について語り出した。

「話をロメという少女に戻そう。率直《そっちょく》に言う……彼女はそのカルム族だ」

綺麗な薄紅《うすべに》色の唇から、核心《かくしん》的な秘密が明らかになった。

「……」

……やっぱり、と思ってしまう。

あの年端もいかない少女の謎は、彼女がカルム族だったというだけですべて片がついてしまう。

どうして従魔を授かれるような歳でもないのに、マッドウルフを従えていたのか？

そしてまた、自分の従魔と同じ種のモンスターがいるにもかかわらず、それを気にせずあの森に留まっていたのか？

ロメがあの森でマッドウルフをテイムしたからだと考えれば、自《おの》ずと説明がつく。

『テイム』の力であの森のマッドウルフを使役し、まるでテイマーのように乗りこなして追っ手から逃げ続けていた。

僕が抱いていた彼女の違和感は、これで解消された。

内心で納得する僕をよそに、シャルムさんは続ける。

「正確に言うと、彼女はカルム族の生き残りの間にできた子供だろう。前置きしたとおり、まだ推測の域を出ないのだが、まず間違いない。それから、君たちが捕まえた三人組について。おそらく、奴らは〝闇ギルド〟の手の者だと思われる」

「や、闇ギルド？」

「カルム族や暗黒獣はともかく、新人冒険者にこういうことを教えるのは躊躇われるのだが……仕方ない。闇ギルドとは、冒険者ギルドには頼めない非合法の依頼や訳ありの依頼を超高額で仲介《ちゅうかい》する、裏社会の冒険者ギルドのことだ」

「そ、そんなところがあるんですか……」

これまた初めて聞く事実に、僕は軽く目を見開く。

冒険者ギルドには頼めないような依頼を受け持つ、闇ギルド。

確かに、まだ駆け出し冒険者の僕らに対しては、話したくないことだろう。

お金に困った僕たちが、万が一にもその闇ギルドと関わりを持ってしまったら……と心配するのは、シャルムさんの立場なら当然だ。

それに、僕が変に首を突っ込んでその闇ギルドと敵対する可能性もある。

もっとも、すでにあの三人組とは関わってしまったから、片足を突っ込んでいるようなものだけれど。

シャルムさんは一度辺りを見回し、気持ち声を落として続けた。

「もちろん、こちらとしても闇ギルドの摘発《てきはつ》、組織の解体を進めてはいるが、何せ数が多いからな。大本を潰してもまた他の誰かが組織を再生してしまう。そして数年前、そんな闇ギルドに一つの依頼が持ち込まれた」

「一つの依頼？」

「なんてことはない、ただの〝人攫《ひとさら》い〟。しかし攫うのは誰でもいいってわけではない。カルム族の生き残りだ」

「えっ⁉」

つい間抜《まぬ》けに大声を出してしまう。

幸い、周りにあまり人がおらず、変に注目されることはなかった。

シャルムさんはごほんと一つ咳払いをすると、真剣な調子に戻した。

「暗黒獣事件の難《なん》を逃れ、生き残ったカルム族たちは、しばらくの間付近の村に住まわせてもらっていたそうだ。しかし高額報酬に目が眩《くら》んだ闇ギルドの冒険者たちが、カルム族を攫うためにやってきて、その結果……」

「……」

「抵抗したカルム族の人間のみならず、村の住人まで手に掛けられたそうだ。暗黒獣事件……そして村人の惨殺《ざんさつ》事件。これらがきっかけとなり、いつしかカルム族は〝呪われた一族〟と言われるようになった」

痛ましい出来事に、思わず言葉を失ってしまった。

同時に、闇ギルドの恐ろしさと影響力を思い知らされ、僕は膝上の相棒を抱き寄せた。

お金のために、暗黒獣事件で人数を減らしたカルム族をさらに追い詰めたってことなのか。

彼らに抵抗されただけで、村にいた人全員を襲ったっていうのか。

僕はまだ、世界を知らなかった。

人間の恐ろしさを知らなかった。

今までは自分の周りに良い人たちがたくさんいた。

だから嫌いな人なんてほとんどいないし、怒ることだって滅多《めった》になかったけど。

お金のためにそこまでできる人たちがいるんだ。

ぞくりと、背筋に寒いものを感じる。

シャルムさんも同じ気持ちなのか、わずかに顔をしかめた。

「ロメという少女は、おそらくそこでの〝唯一〟の生き残りと思われる。抵抗したカルム族の中に両親がいて、まだ幼かった彼女を闇ギルドの魔手《ましゅ》から逃がした。しかし、闇ギルドに持ち込まれた依頼はいまだに有効で、カルム族である彼女はたった一人で、数年間にもおよぶ逃亡生活を続けているのだろう。幼いながら、大した精神と根性の持ち主だ」

不意に脳裏に、あの銀髪少女の姿が思い起こされる。

闇ギルドの依頼で、ロメは追われていたのか。

だから彼女はあの三人組から必死に逃げていたし、冒険者と名乗った僕に対しても、どこか警戒していた。

きっと、フローラフォレストに来る前から、ずっとあんな生活を続けていたんだ。

テイムの力を使い、野生モンスターに助けてもらいながら、人が近寄らないエリアに身を隠していた。

村や街を避けていたのは、闇ギルドからの回し者を警戒したというのもあるだろうけど、一番は周りの人の心配をしていたからだ。

闇ギルドの冒険者が、また周りの人を手に掛けるかもしれないと恐れていたから。

きっとロメは誰よりも優しい。本当なら周りにたくさん友達がいて、その中心で笑っているのが当たり前な、純真無垢《じゅんしんむく》な女の子だ。

それなのに……

——そいつは、呪われたガキだ。

——周囲に不幸を撒き散らす呪われたガキだ。

違う。呪われているのは、ロメを追っている人間たちの方じゃないか。

報酬に目が眩んで、幼い少女のみならず、周りにも大きな迷惑を掛けている。

だから、彼女が一人でいるのは間違っているんだ。

闇ギルドに対する恐怖はすでに消え去り、今はロメという少女の孤独《こどく》や健気《けなげ》さについて思いを馳《は》せ、僕は心を痛めていた。

同時に、あのとき彼女を引き留められなかったことへの後悔が募《つの》る。

だって、ロメが僕を拒絶した本当の理由は……

しばらく沈黙していたシャルムさんが、これでおしまいとばかりに膝を叩いて立ち上がった。

「ロメという少女とあの三人組について、私が調べた内容は以上だ」

「ちょ、ちょっと待ってください！」

僕は思わず彼女を呼び止める。

「まだ、聞いてないことがあります」

「……」

シャルムさんは困ったように眉を寄せると、ため息を吐きながら再び腰を下ろした。

一番聞かなくちゃいけないことを、まだ教えてもらっていない。

きっとシャルムさんも、僕が何を聞きたいのか悟っているはず。

だからこそ、早々に話を切り上げようとした。

僕は今一度固い決意を込めてシャルムさんの目をじっと見る。

「一体誰が、そんな依頼を……」

僕の声には、自然と怒りがにじんでいた。

彼女は鋭く僕の目を見返すと、深く嘆息《たんそく》する。

この問いが来るとは思っていた。けれど聞かれたくはなかった。

そんなシャルムさんの気持ちが伝わってくる。

やがて、彼女は重々しく口を開いた。

「これ以上は話したくないというのが、私の正直な気持ちだ。話してしまえば、また君たちを危険なことに巻き込んでしまう。私は……二度と同じ失敗は繰《く》り返したくない」

失敗——僕はすぐにその言葉の意味を理解した。

野生モンスターのレベル変動事件に関連して、シャルムさんは僕たちに魔石運びの依頼を出してくれた。

しかしその結果、僕らは大きな事件に巻き込まれた。彼女はそのことを言っているのだろう。

シャルムさんは、わずかに頭を下げて続ける。

「ここまで話しておいて申し訳ないのだが、どうかここは折れてくれないか。ロメという少女については、信用できる腕のいい冒険者たちに任せようと考えている。引き受けてくれるかどうかは分からないが、必ず助けてくれる者を見つけ出す。だから……」

「……」

僕たちを事件に巻き込むまいと、シャルムさんは一生懸命だ。

けれどその頑張りが、最後に実を結ぶと決まっているわけじゃない。

おそらく、これまでもロメのことを助けようと考えた人は、少なからずいたんじゃないかと思う。

だけど、事実として彼女は逃亡生活を続けている。

きっと、彼女の事情やどんな組織に追われているのかを知って、みんな手を引いてしまったのだろう。

シャルムさんが短時間でここまでの情報を得られたということは、もしかしたら冒険者ギルドもカルム族の生き残りの存在についてある程度承知していて、マークしているのかもしれない。

でも、カルム族の能力の性質を考えると、それは保護ではなく、監視《かんし》目的ではないかとも思える。

ギルドにとっても、これは手を出しにくい案件なんだ。

それらすべてを考慮した上で、シャルムさんは〝信用できる〟冒険者を見つけると言ってくれた。

それでも……

僕は顔を少し伏せて、膝上の相棒に目を落としながら呟いた。

「同じ失敗を繰り返したくないのは、僕の方です」

「……‼」

「もう二度と、仲間が傷つくのはご免《めん》です。……でも、それと同じくらい、目の前で傷ついている誰かを放っておくのも堪えられません」

横目でクロリアの様子を窺うと、彼女は下を向いて膝の上のミュウを抱きしめていた。

「本当はすべてシャルムさんにお任せしてしまうのが最も確実な方法なんだと思います。それが……僕たちにとっては一番安全です。でも、ここで手を引いて、万が一ロメに何かあったら、僕は一生後悔してしまう」

固い決意は揺るがない。

過去に起きた事件や、ロメが追われている理由なんかどうでもいい。

僕はただ、あの少女を助けたい。ただ一度、そう決めたから……諦めない。

大切なものを守れるくらい強くなる。

世界で一番強い相棒のように、もっと強くなるって誓《ちか》ったから。

顔を上げ、信念の籠《こも》った目を向けて、僕は言った。

「信じて、任せてもらえませんか」

「……」

シャルムさんは、一瞬目を丸くして、息を呑む。

そのまましばし顔を伏せて沈黙していたが、やがて小さな笑い声が漏れてきた。

「まったく、敵《かな》わないな。私も逃げていただけかもしれない。失敗を恐れるあまり、君たちが成功する道も閉ざしてしまうのは、それ以上の失敗だ。そのことを忘れていたよ。この場合、私にとっての成功というのは、君たちを信じて待ち、無事に帰ってきた姿を見届けることになるかな」

再び彼女が顔を上げたとき、そこにはいつもの綺麗な微笑をたたえた、シャルム・グリューエンさんのクールな美貌《びぼう》があった。

「望むならば教えよう。それが私の仕事だからな。ただし、こちらも独自に動く。それが最低限の条件だ」

今度は僕らが、目を丸くする番だった。

しかしすぐに気を取り直して、急いでお礼を口にする。

「あ、ありがとうございます」

「まあ、ここで私が何も語らずとも、君たちはまたあの子を探しに行ってしまうのだろう？　ならば同じことさ」

「は、はは……」

そこまで見透《みす》かされていたんだ。

彼女の言うとおり、遅かれ早かれ僕はロメを探しに行っただろう。

問題の根本を解決できないまでも、せめて探し出してここに連れてくるくらいはするつもりだった。

それでも、こうして正式にロメを助けに行く許可をもらえれば、俄然《がぜん》意欲は高まるというものだ。

「それで、カルム族を……ロメを攫うように依頼したのは、誰なんですか？」

僕は犯人の名前を聞き、さらに気持ちを奮《ふる》い立たせることになった。

いや、むしろ叩き起こされたと言った方が正確かもしれない。

シャルムさんが一際《ひときわ》険《けわ》しい表情で口にした犯人の名は……

「モンスタークライム、だよ」

ズキンと頭の芯《しん》が痛み、あの女王蜂《ばち》の主人との戦いの苦《にが》い記憶が蘇ってきた。

＊＊＊＊＊＊

すっかり日が落ちて暗くなり、野生動物や奇妙な虫の鳴き声が響く森の中。

軽快に草木を踏み鳴らす足音が二つあった。

一人は金の装飾《そうしょく》を施《ほどこ》した黒の上衣にロングスカート、同色の滑《なめ》らかな革素材のブーツを合わせた美女。これでも充分場違いな格好だが、もう一人の少女はさらに不相応《ふそうおう》な装《よそお》いだった。

同じような黒服の上下一式。ただし、袖《そで》とスカートの丈《たけ》は半分以下という、まるで灼熱《しゃくねつ》エリアでも歩くような出《い》で立ちだ。

鋭い枝葉が剥き出しの肌を傷つけかねないというのに、自分のスタイルを変えない信念には、同行者の女も呆れるばかりである。

そんなマイペースな軽装の少女が、不意に気《け》だるげな声を上げた。

「あぁ〜、急に帰りたくなってきた〜」

比較的低ランクエリアとはいえ、ここは夜の森だ。

下手に音を立てて夜のハンターに見つかれば、命が危うい。

服装同様、なんとも無警戒な少女である。

しかしそれはもう片方の、少し大人びた雰囲気の美女も気にしていないようだった。

「文句ばっか垂れてないで、さっさと来なさいよ。私だってこんな汚《きたな》い森、歩きたくないんだから」

前を行く同行者にたしなめられ、少女は仕方ないとばかりにため息を吐いて、その背中を追いかけた。

その途中、寄ってきた小虫を、〝しゃー！〟と威嚇《いかく》して追い払う。

「つーか、なんで私たちが直接出向かなきゃいけないの？　いつもみたいに闇ギルドの貧乏人たちに任せればよくない？」

少女はブーたれながら、自慢の赤紫色のショートボブに何か付いていないかを気にして、しきりに髪を手で払う。

「その貧乏人どもがいつまで経っても依頼を達成できないから、こうして私たちが駆り出されたんでしょ？　あいつらトロいから」

「でも、もうずいぶん前から闇ギルドにぶん投げてたのに、なんで今さら……」

「計画が早まったんじゃない？　それに、ようやく〝尻尾〟を掴んだんだもの。この機を逃がす手はないわ」

少女はまだ納得しきれない様子を見せて。

「まあ、ボスがやれって言うなら従うけど。それにしてもさあ……」

「……何が言いたいのよ？」

「わざわざ幹部《かんぶ》クラスの私らが出張《でば》ることじゃなくない？　闇ギルドの奴らが使えなくてもさ、・・・モンクラにはクソみたいな下《した》っ端《ぱ》どもが……」

「自分で幹部クラスとか言わないの。別に、うちにはそんな組織体制ないでしょ。あと、モンスタークライムをモンクラって略《りゃく》すのはやめなさい」

「えー、略せばちょっとは可愛くなるんだけどなぁ」

同行者の冷ややかな視線を浴びた少女は、腕を組んでしばし物思いにふけった。

そんな彼女を気にも留めず、美女は森の木々をものともせずに一定の歩幅《ほはば》を保って進んでいく。

　しばらくして、隣の少女が思いついたように声を上げた。

「あっ、ほら、あいつらに任せればいいんじゃない？　『虫群の翅音《インセクターズ》』とか」

「バカ。あいつらは捕まったでしょうが。何回言わせるのよ」

　何度目かの同じやりとりにうんざりといった様子で、美女は赤紫色のロングヘアをかき上げながら続けた。

「どっちにしろ、あいつらじゃ絶対に無理だったのよ。聞いた話じゃ、たった一人の〝スライムテイマー〟にやられたらしいし」

「うわっ、ダサッ！　さすがは雑魚《ざこ》虫ビィ。…………てかそれ、ホントなの？」

「さあね……」

　肩をすくめた美女は、不意に足を止めて振り返る。

　彼女は同行する少女ではなく、真後ろに続く自分よりも大きな影を見つめて、くすっと笑った。

「あいつらの毒は甘すぎた」

　先刻から音もなくずっとついて来ていた影。

　ぬるりと森の闇から這《は》い出てきたそれは、ちろちろと細長い舌を出し入れし、エリア内の野生モンスターを威嚇するように叫びを上げた。

「シャアァァ！」

そして美女は正面に向き直る。

余裕の微笑をたたえて、自らを指し示すように胸に手を添えて言った。

「虫の毒で無理なら、蛇の毒でいくしかないでしょ」

「そうだね、ラミア姉《ねえ》」

そうして彼女たち——ラミア・ロボロとナナガ・ロボロの二人姉妹は、美しくも恐ろしい笑みを交わした。

「さあ、呪われたおチビさんを捕《と》りに行こうかしら」

6

ギルドからの帰り道。

僕らは特に何かを話すわけでもなく、まっすぐ宿屋に向かっていた。

頭の中でシャルムさんに教えてもらったことを整理していたせいもある。

だけど一番は、クロリアになんて声を掛ければいいか、まったく思いつかなかったからだ。

覚悟はしていた。

ロメを助けるということは、色々な人たちを敵に回すということだ。それくらいの危険を承知の上で、僕はシャルムさんに〝任せてください〟と言ったのだ。

それでも、改めて本当の敵の正体を聞いたとき、思わず決意が揺らいでしまった。

怖気《おじけ》づいたというわけではない。

むしろ、怒りによってますます闘志がみなぎった。

モンスタークライム――前回奴らを捕まえられたのは、ファナが助けてくれたからだ。結果的に奴らを捕縛《ほばく》できたけど、ビィとの戦いはどう見ても僕の負けだ。

その悔しさもあり、今度は絶対にロメを救ってみせると、一層闘志を燃やした。

しかし同時に、不安な要素もある。

僕とライムがモンスタークライムと戦えば、パーティーメンバーのクロリアも奴らと敵対することになる。

闇ギルドからの刺客《しかく》もやってくるかもしれない。

そんな危険に、僕の私情だけで巻き込んでしまって、本当にいいのだろうか。

決意が揺らいだのはそれが原因だ。

僕たちは変わらず無言で歩く。

どうするのがクロリアたちのために一番良いのか。その答えは出ない。

彼女の方からも話しかけてくる様子はなく、むしろ僕の言葉をじっと待っているようだった。

気が付けば、僕らが滞在《たいざい》中の宿〝芽吹きの見届け〟の二階に着いていた。

クロリアたちは階段を上がってすぐの部屋。僕たちはその隣の部屋だ。

だから必然的に、並んで歩いていたクロリアは先に立ち止まる。

僕が自分の部屋の前でくるりと振り返ると、いつもと変わらぬ表情のクロリアが、じっとこちらを見つめていた。

「では、明日の朝、今日と同じ時間に宿屋の下で」

ようやく口を開いたかと思えば、普段どおりの挨拶《あいさつ》。

「……う、うん」

まるでシャルムさんとの話なんか気にしていないみたいだった。

それに、当然のごとくロメの救出について来るつもりでいる。

その決意と心遣いを無下《むげ》にはできない。かといって、一言もなしに彼女に頼るのも違う気がする。

今さらながら、僕は重い口を開く。

「あ、あのね、クロリア。本当にごめ……」

「別に、謝る必要はないですよ」

頭を下げかけた僕を、クロリアが制止した。

「えっ……？」

顔を上げると、彼女はすべてを理解しているような瞳でこちらを見ている。

きっと僕の口から最初に出るのは、謝罪の言葉だと分かっていたんだ。

クロリアは、まったく似ていない僕の口真似をして言う。

「〝僕はロメを助けるリスクを分かっていながら、助ける選択をしてしまった。そのせいでクロリアとミュウを危険に晒すことになって、僕は本当にバカだ。最悪二人とはパーティーを解散して〟……とか、考えてたんですよね」

「……う、うん。全然似てないけど」

僕が一言返すと、ささやかな正拳突きが飛んできた。

その成敗《せいばい》は全然痛くなかったものの、別のところが痛んでくる。

彼女が口にした僕の思考は、びっくりするくらい図星《ずぼし》だった。

僕ってそんなに分かりやすい性格だったっけ？

拳を引っ込めたクロリアは、腰に手を当てて頬を膨らませた。

「冒険者の道を選んだ時点で危険は承知しています。今さら悪い組織の一つや二つに目を付けられるくらい、なんてことはありません」

「で、でも……」

「というか、どうしていつも謝るんですか？　ルゥ君のそういうところ、本当に嫌いなんですけど」

「……」

今まで、バカにされたりからかわれたりしたことはたくさんあるけれど……真正面から人に〝嫌い〟と言われたのは、これが初めてだった。

人に好かれることも嫌われることも避けていた僕にとって、これほど新鮮《しんせん》な言葉はない。

僕も自分のそういうところが大嫌いなので、大いに納得する。

それでも、クロリアの言葉は不思議と嫌な感じはしなかった。

むしろどういうわけか、嬉しいと思ってしまう。

パーティーを組んでまだ間もないクロリアと、こんなにも距離が近づいていたんだ。

嫌いと言ってもらえるくらいの関係に、それくらい親しい存在に。

そんな相手に、僕はまだ変に遠慮してしまっている。

きっとクロリアはそこに不満を抱いているのだ。

彼女は腰から手を離し、頭上に乗せていたミュウを抱えなおして続けた。

「人は他人の悪いところに敏感《びんかん》です。普通ならすぐに嫌なところの一つ二つは見つかるものです。でも、ルゥ君の気に入らない部分には今まで気がつきませんでした。だから、おそらくこれはルゥ君の良いところでもあるのでしょうね」

「それはともかくとして……」

「良いところ、なのかな？」

「良い方向にも悪い方向にも伸びるということでしょう。それはともかくとして……」

次いで彼女は、真剣な眼差しで僕の目を見返す。

「シャルムさんやルゥ君だけじゃありません。同じ失敗をしたくないのは私もそうですよ。もう、置いてけぼりは嫌なんです。守られるだけなのはご免なんです。目一杯、迷惑を掛けてください。パーティーメンバーじゃないですか」

「……」

遠慮が不要だったのは、一心同体のライムだけじゃなかったみたいだ。

主人と従魔の関係のように、パーティーメンバーとの間にも遠慮なんかいらない。

僕は密かに、両拳をぐっと握りこむ。

深く息を吸って、ゆっくりとそれを吐き出した。

ライムと二人で行ったとしても、また失敗するのは目に見えている。

なら今度は、ちゃんと頼ろう。

失敗しないためじゃなく、成功するために。

「じゃ、じゃあ、改めてお願いするけど……」

「……なんですか？」

「一緒に、ロメを助けに行ってくれないかな？」

人に嫌いと言われたのが初めてのように、素直にお願いするのも僕は慣れていなかった。

内心では了承してくれると思っていたけど、こうしてお願いを口に出すと、途端に自信がなくなってくる。

ドキドキしながら答えを待っていると、そんな緊張感を一蹴《いっしゅう》するように、クロリアは満面の笑みを浮かべた。

「はい、任せてください！」

「ミュミュウ！」

面と向かって頼られたのが、相当嬉しかったみたいだ。

従魔のミュウもその気持ちは同じらしく、クロリアの腕の中で嬉しそうに身を震わせた。

その光景に思わず頬を緩ませて、僕も同じようにしてライムを腕に抱えなおす。

最後に僕らは拳を打ちつけ合い、明日への気合を入れる。

これで明日、ロメを助けに行く準備は万端《ばんたん》だ。

迎えに行く、と言い換《か》えた方がいいかもしれないけど。

何はともあれ、僕たちは悪の組織の二大巨頭――モンスタークライムと闇ギルドと、全面的に敵対することになる。

……と、ここで終わればとても格好良く締《し》めくくることができたはずなんだけど。

「ルゥ君が一目惚《ひとめぼ》れした女の子ですもんね。絶対に助け出しましょう」

なぜかクロリアが冷ややかな目つきでそう言った。

「ひ、一目惚れじゃないから！」

「じゃあ二目惚れですか？」

そんな意味不明なことを聞いてくるクロリアに、僕はやけくそ気味に〝お休み！〟と言い放ち、自分の部屋へと逃げ込んだのだった。


翌朝。

少し遅い時間に宿を出た僕たちは、珍しく冒険者ギルドに併設《へいせつ》された酒場で朝食をとることにした。

食べながら、今日の動きを決める。

ついにロメを迎えに行くんだ。

昨日と同じくまずはフローラフォレストを目指すか、それとも別の場所を探しに行くか——などと、作戦会議を行なっていると、受付カウンターの方からシャルムさんがやってきた。

僕たちが挨拶をすると、彼女は見惚れるくらいスマートに〝おはよう〟と応えながら同じテーブルにつく。

そして体を近づけるように前のめりになり、声を落として驚きの発言をした。

「今しがた、ロメという少女の居場所が分かった。おおよそだがな」

「「えっ?」」

口をあんぐりと開ける僕たちに、シャルムさんは続ける。

「現在彼女は、フローラフォレストの北東と境界を接する、『ロストリメイン』と呼ばれる遺跡エリアに身を隠している」

「えっ、フローラフォレストにはいないんですか?」

「あぁ」

頷いた彼女を見て、僕は考える。

やっぱりロメは、フローラフォレストからすでに出ていた。

ロストリメインというエリアについては知らないが、フローラフォレストの北東部分ってことは、街から森に入ると反対側の、一番遠い場所だ。

今までそっちまで行ったことはなかった……というか、行く必要がなかった。

隣街までは東に抜けるルートを使うし、北東には特に目立った街や村はない。

ロメは人目《ひとめ》を避けて、そんなところに……

それにしても、シャルムさんはどうやってそこまで調べたんだろう。

そんな疑問が顔に出ていたのか、シャルムさんは情報を得た経緯を教えてくれた。

「早朝からレッドアイに探索を命じていたんだ。フローラフォレストを隈《くま》なく探させて、その後一番近いエリアのロストリメインの方にも調査に行ってもらった」

「そ、そうなんですか」

見ると、彼女の赤い髪に隠れるように右肩に乗っているレッドアイは、ひどく疲れている様子だった。

僕は手を伸ばし、〝ありがとう〟と言って指先でレッドアイを撫でる。

それに対してなぜか驚いた様子を見せたシャルムさんは、仕切り直しとばかりに咳払いを一つすると、ロストリメインなるエリアについて説明を始めた。

「あの遺跡エリアは基本的に立ち入りが制限されていて、ほとんど人が寄り付かない。街に行き来するにも通る必要は皆無だしな。逆にフローラフォレストはエリアランクの再設定が終わり、今日から立ち入り制限が解除されて人が増えている。ロメという少女が逃げるとしたら、ロストリメインしか考えられない。……誰かが立ち入った形跡《けいせき》も残っていたし、まず間違いない」

「そこまで調べていただいて、本当にありがとうございます」

「あぁ、別に構わないさ。だが……」

「……？」

シャルムさんは真剣さを増して僕たちに忠告した。

「気を付けるんだぞ。あそこはCランクのエリアだ。新しくDランクに設定されたフローラフォレストよりも野生モンスターが強いのはもちろん、エリアの構造そのものが侵入者を襲うようにできている。入らなければ無害だが、立ち入った瞬間に牙を剥いてくる。これを忘れるな」

「……は、はい」

思わず姿勢を正《ただ》して頷き返すと、不意に目の前のお姉さんがふっと頬を緩ませた。

先ほどの緊張感から一転して、今度は柔らかい口調だ。

「そんな君たちへ、餞別《せんべつ》というわけではないが、良い物が届いているぞ」

「「えっ？」」

クロリアと二人して疑問の声を上げる。

シャルムさんは一層笑みを深めると、席を立って手招きした。

ますます疑問が膨らむ僕らであったが、指示されたとおりに後についていく。

お馴染みの受付カウンターの前で立ち止まった彼女は、カウンターを指差す。

そこには、布に包まれた〝大きくて細長い何か〟が、これ見よがしに立て掛けられていた。

シャルムさんはそれをクロリアに渡し、僕には一枚の手紙を差し出してきた。

「こ、これって……？」

手紙を掲げながら問うと、シャルムさんはにこりと微笑みながら答えた。

「送り主はペルシャ・アイボリーだ」

「えっ⁉　ペ、ペルシャさん⁉」

驚きのあまり、つい大声を出してしまった。

慌てて手で口を塞ぎながら、僕は広げた手紙に目を落とす。

すると、頬が熱くなるような内容が目に飛び込んできて、思わず〝げっ〟という呻き声を発してしまった。

『愛《いと》しのルゥ君へ。また何か事件に巻き込まれてるんじゃないかと心配になって、お手紙を送ることにしたよ。約束どおり、ちゃんと街に戻ってきてね。あなたのペルシャより』

末尾には、シロちゃんのものと思《おぼ》しき肉球スタンプがぽんと押されている。

手紙というにはなんとも雑《ざつ》な走り書き。

可愛らしい文字で綴《つづ》られたそれを、僕は急いでポケットにしまった。

その様子を見て、眼前のシャルムさんは肩を震わせて笑いを堪《こら》えている。

なんかもう、めちゃくちゃ恥ずかしい。

まったく、あのお姉さんは……と思う一方、僕は内心でペルシャさんにお礼を言った。

この大事な局面で、こんなにも嬉しい激励《げきれい》の手紙を送ってくれて、勇気が湧いてきた。

それに、約束を守らなければならないという気持ちにさせてくれた。

彼女は〝再会の約束〟が叶うことを願っている。

僕はそれに応えなければ。

決意とともに密かに頬を緩めていると、不意に後ろからクロリアが声をかけてきた。

「これで本当に、準備万端ですね」

「うん」

僕はペルシャさんの手紙が入ったポケットを叩いて頷く。

と同時に、クロリアに問いかけた。

「……ところで、クロリアは何を受け取ったの？」

「えっ？　あっ、いや……な、なんでもありませんよ、なんでも」

「ふぅーん」

どういうわけかクロリアは、受付カウンターに立てかけられていた〝何か〟を僕には見せたくないようで、包みに入れたまま頑《かたく》なに背中に隠している。

そういえば、クロリアも別れ際《ぎわ》にペルシャさんに何か頼んでいたような。

僕みたいに何かの鑑定を依頼したのか、それとも魔石製品？

いや、でもクロリアがそんなもの使うかな？

……怪しい。

「君たち」

「「……？」」

今度はシャルムさんに呼ばれて、二人同時に振り返る。

彼女は真剣な眼差しで僕たちを見ていた。

それはいつも、依頼を紹介してくれた後で見せてくれる、〝行ってらっしゃい〟という視線だ。

〝鬼のシャルム〟という異名《いみょう》を持ってはいるが、実のところとんでもなく心優しい彼女は、その視線とともに、毎度〝気を付けてな〟と声を掛けてくれる。

しかし今回はそうではなく……

「頑張ってこい」

と、力強く背中を押してくれた。

僕らは驚きではなく、嬉しさから大きく目を見張る。

僕はクロリアと顔を見合わせて、次いで受付のお姉さんに確かな頷きを返した。

「「はい！」」

「キュルキュル！」

「ミュミュウ！」

従魔たちも合わせて鳴き声を上げる。

僕とクロリアはギルドから飛び出した。

東の森フローラフォレスト、さらにその先の遺跡エリア、ロストリメインを目指して、街の通りを駆け抜けていく。

目的はただ一つ、ロメを救うために。

僕たちの答え

1

静まり返った遺構《いこう》の景色に、少女の姿がちらりと映る。

黒狼を連れ歩き、石畳《いしだたみ》を踏む彼女の足取りは、枷《かせ》が付いているように重かった。

崩れた石造《いしづく》りの建物たちを見渡して、ロメは嘆息する。

いつの間に、こんなエリアに来ていたのだろうか。

知らず知らずのうちに森を出て、石の景色の中に飛び込んでいたようだ。

ツタに覆われた大小様々な建物。

石畳の隙間からは雑草が伸び、もう長い間手入れがされてないのが嫌というほど分かる。

年頃の女の子ながら、どちらかといえば人の多い都会よりも自然に満ちた綺麗な景色を望むロメではあるが、この物寂《ものさび》しい廃墟《はいきょ》の雰囲気は彼女の好みとは言えなかった。

それでも、今のロメにとっては都合が良い場所だ。

今は人と会いたくないからである。

脳裏にこびりついているのは、あの不思議な少年を拒絶した愚《おろ》かな自分の姿。

他人を拒《こば》むのはあれが初めてではない。

今までも何人か、ロメを助けてくれようとした親切な人がいた。けれど、決まって彼女は、その人たちを遠ざけた。

自分と一緒にいると危ないから。

自分を狙う悪者たちに傷つけられるから。

だからこそロメはいつも、手を差し伸《の》べてくれる人たちを冷たくあしらい、一人ぼっちで過ごしてきたのだ。

ならどうして、あの少年にだけは、あんなにムキになってしまったのだろうか。

……分からない。

ロメは自分自身に対して疑問を抱く。

だが深くは考えずに、やけくそ気味にかぶりを振った。

なぜなら、彼を完璧に拒絶したから。あそこまできっぱり言ったら、もう追いかけてくることはないだろう。

こんな薄汚れて可愛くない女の子のことなんて、放っておくに違いないのだ。

それがお互いのため。それが正しい。

しかしロメは心の底で、一抹《いちまつ》の寂しさを感じていた。

だからなのか、今まで幾度となく危機を察知し、逃れてきた彼女にしては注意力が散漫《さんまん》になっていた。

わずかに捲《めく》れて出《で》っ張《ぱ》った石畳に躓《つまず》いてしまう。

「きゃっ！」

反射的に手が出たものの、思った以上に地面が滑らかで踏ん張りが利かず、顔を強《したた》かに打ってしまった。

転んだこともそうだが、こんなに素直な悲鳴を上げたのも久しぶりである。

幸いにも怪我はなく、ロメはほっとした様子で起き上がる。

目の前の石畳に手を置き、そこを支えに体を起こそうとした。

しかし……

「えっ？」

ガコッという石が擦《こす》れる低い音とともに、体が前に倒れていく。

何事かと視線を移すと、手をついていたはずの石畳が、地面に沈み込んでいた。

まるで、何かのスイッチを押したかのように……

瞬間、彼女が膝をついている地面が、大扉さながら、思い切り開かれた。

不意に襲ってきた浮遊感《ふゆうかん》に、ロメは一瞬呆けた顔をしてしまう。

意識が戻ったときには、すでに視界は真《ま》っ暗闇《くらやみ》だった。

「い……いや……」

……落ちていた。

とにかく、物凄《ものすご》い速度で落下していた。

布服と髪のみならず、肉付きが悪い両腕までが風に煽られて乱暴にかき乱される。

ロメはこのエリアに詳しいわけではなかったが、今自分が置かれた状況はいくらか予想がついた。

このエリアの罠に、引っ掛かったのだ。

人やモンスターが作ったものではなく、この場所に予《あらかじ》め備え付けられていた仕掛け。

ある程度ランクが高いエリアなら、こういった罠があっても不思議ではない。

いや……あるいはこれは、罠ではなく〝入口〟だったのかもしれない。

決して長い時間滞在していたわけではないが、彼女が見た限り、地上には半壊《はんかい》した石造りの建物があっただけで、モンスターの姿はなかった。

だから、もしここが危険な高ランクエリアだとするなら――これが正しい入場方法かどうかはともかくとして――このエリアの本体は地下にあると考えるのが自然だ。

冷静に思考を巡《めぐ》らせていたロメだが、いつ地面に到達するか分からない恐怖が押し寄せてきて、涙をにじませた。

「いやぁぁぁぁ！」

抑えきれない悲鳴が暗闇に響く。

悪人に追われるのには慣れている。

従魔戦もそこそこ経験してきた。

しかし高所《こうしょ》からの落下というのは、長い逃亡生活の中でも初めて味わう恐怖だった。

罠に掛かったのもさることながら、こんなに思い切り悲鳴を上げてしまったのも実に情けない。

――これじゃあまるで子供みたい。それもこれも、あの人のせいだ。

あのお人好《ひとよ》しな少年のことを思い出しながら、落下に身を任せていると、やがて青白い光が見えてきた。

松明《たいまつ》の炎ではなく、青白く発光する植物が壁面《へきめん》から顔を出しているらしい。

おかげである程度の視界は確保できる。

だからこそ、すぐそこまで地面が迫っていることに、ロメは気づいてしまった。

――もうダメかもしれない。

――いや、それでもいいかも。

不思議と穏やかな気持ちに包まれて、最期《さいご》の瞬間を迎えようとしていたロメの視界の端《はし》に黒い影が飛び込んできた。

黒い毛と鋭い牙と爪を持つ、一匹の獣だ。

一瞬、エリア内にいる野生モンスターかもと思ったけれど、そうではない。

今までは暗くて見えなかったが、テイムの力で使役していたマッドウルフも同じ穴に落ちていたのだ。

すかさず彼女は叫んだ。

「【獣覚鋭敏《ビーストセンス》】！」

「グルァ！」

咄嗟の判断が功《こう》を奏《そう》した。

黒狼は主人の声を聞き、スキルを発動させる。

近くの壁を蹴《け》り、落下の勢いを殺しながらロメに飛びついた。

彼女が反射的にマッドウルフに命じたのは、きっとまだ生きたいという本能が、心の底に隠れていたからかもしれない。

＊＊＊＊＊＊

「ここがロストリメイン……ですか？」

「うん、たぶん」

グロッソの街から出て、数時間後。

僕たちは歩き慣れたフローラフォレストを抜け、その先にある遺跡エリア――ロストリメインに来ていた。

話に聞いていたとおり、フローラフォレストは明らかに人が増えていた。

多くの冒険者や旅人たちとすれ違いながら、僕らは森の北東を目指して進む。

思いのほかフローラフォレストは北に延《の》びていて、出るまでにかなりの時間が掛かってしまった。

街からも相当離れ、人の気配がほとんどなくなったあたりで、ようやく遺跡エリアに繋《つな》がる道に出た。

しばらく道を行くと、大人の頭よりも高い防壁が僕らの行く手を阻《はば》んだ。

唯一の入口らしき門は、幾重《いくえ》にも張り巡らされた規制ロープによって封鎖《ふうさ》されている。

冒険者ギルドのマークが描《えが》かれた木の札《ふだ》には警告文が記《しる》されており、気安く立ち入ることを躊躇わせる、緊迫《きんぱく》した雰囲気が漂っていた。

それにしても、いったいどこから入ったものか。

シャルムさんから立ち入り許可を得ているとはいえ、規制ロープを切るのはまずい気がする。

下手をすると、誰かが知らずに迷い込んでしまうかもしれないし。

とりあえず、城壁《じょうへき》沿いにぐるりと歩いてみたところ、入口は簡単に見つかった。

石のブロックを積み上げた壁が、一部だけ破壊《はかい》されている。

ここにもロープが張られていたようだが、古いせいで切れてしまったらしい。

地面には僕たちとは別の足跡もある。これがシャルムさんの言っていた、誰かが立ち入った形跡だろうか。

パーティーメンバーと頷き合い、僕たちは石の街に足を踏み入れた。

崩れかけた建物を植物が呑み込もうとしている荒涼《こうりょう》とした景色を眺めて、不意にクロリアが呟いた。

「なんだか、とても静かですね。野生モンスターの気配も感じないですし」

「うぅ～ん、人はいないと思うけど、モンスターはどうだろうね。岩や石像に化《ば》ける野生モンスターだっているから、あんまり油断はできないかも。とりあえず探索してみよっか」

「はい」

というわけで、僕らはロストリメインの探索を開始した。

花や魔石といったものの採取目当てでなく、一人の少女の姿を探して。

不規則に並んだ石畳の道を進み、ロメが隠れていそうな建物の陰などを見つけては、足を止めて覗き込む。

大声で名前を呼びながら探し回りたいと思ってしまうが、野生モンスターが潜《ひそ》んでいる危険性を考えてそれはやめておいた。

やがて僕たちは、ロストリメインで一番大きいと思われる遺跡前にたどり着いた。

仰々《ぎょうぎょう》しい雰囲気の大扉の前で立ち止まり、今一度周囲を見回す。

どうもロメは外にはいない気がする。

いや、ロメどころかモンスターの気配もほとんど感じない。

まさかシャルムさんの調査が間違っていたとも考えられないしなぁ……と思いながら、僕は石の扉に手を掛けた。

こういう場所で隠れるなら、屋内の方が好都合だろう。

崩れた建物も多いとはいえ、雨風を凌《しの》げそうな建物もいくつか残っている。

たとえば、目の前のこの建物だ。

「あれ？　開かない」

「えっ？」

僕の呟きを聞いて、クロリアが後ろから覗き込んでくる。

押しても引いても叩いても、扉が開く様子はない。当然、誰かが出てくるということも。

もしかして、僕に力がないだけじゃ……

そんな焦りを覚えて、いっそ扉を壊すくらいの気持ちで臨《のぞ》んだものの、結果は変わらず。

あれこれ調べているうちに、どうもこれはダミーの扉で、扉模様《もよう》の石壁だということが分かった。なんとも紛らわしい限りである。

「入口は他のところにあるんでしょうか？」

「ん～、どうだろう？　まあ、遺跡エリアって言うくらいだし、建物内部に入れないってこともないだろうけど」

僕はうんざりしながらそう返し、周囲の石壁に目を向ける。

でも、それらしいものは見当たらない。

この建物の外壁に窓のようなものはなく、中の様子は確かめられない。

もしかしてこれ、扉だけじゃなくて中も偽物《にせもの》なんじゃ……？

疑いの目で遺跡を見上げた僕は、脱力して肩を落とした。

不意に目に付いた石壁の隙間を見て、僕は思う。

（地上にないってことは、地下……とか？）

ロストリメインの正体が地下遺跡ではないかと予想して、何気なく石畳を踏んでみる。

勘《かん》を頼りにとんとんと、つま先で地面をつついていくと、突然その一つがガコッと陥没《かんぼつ》した。

おやっ？　と思った次の瞬間。

後方から小さな悲鳴が上がった。

「きゃ――」

「んっ？」

今のは？

一瞬クロリアの悲鳴が聞こえた気がして、咄嗟に顔を上げて振り返った。

しかしそこには……

「あれ、クロリア……？」

クロリアの姿はおろか、従魔のミュウの姿もなかった。

確かに後ろからついて来ていたはずなのに。

首を傾げながらも周囲を見回して、今度はロメではなくクロリアたちの姿を探す。

そう遠くに行けるわけもないと思うけど、どこにもいない。

——おかしい。そう思ったのも束の間。再びガコッと音を立てて石畳の一部が沈んだ。

「えっ？」

思わず躓いて前に倒れてしまう。

咄嗟に手を前に出し、痛みを覚悟して目を閉じた。

しかし、いつまで経っても転んだ衝撃に襲われない。

手が地面に突くこともなく、やけに長い浮遊感が……

「えっ……」

目を開けると、そこは暗闇だった。

どこまでも深く、底が見えない闇。

強烈《きょうれつ》な風と落ちている感覚に襲われて、ようやく僕は気が付いた。

自分は地下に落ちている。

先刻の予想はばっちり的中していたわけだ。

ロストリメインの本体は、地上の半壊した石の街じゃない。

地下に造られた広大な遺跡で、そこには野生モンスターや未知のアイテム、こんなびっくりなトラップが山ほどあるに違いない。

そして、あの儚げな少女も……

僕は従魔のライムとともに地下遺跡に落下しながら、小さな女の子の姿をおぼろげに思い浮かべる。

＊＊＊＊＊＊＊

ぴちょん、ぴちょん、と地下遺跡の地面に雫《しずく》が滴《したた》る。

随分前に降った雨だろうか、それとも地下水が染《し》み出しているのだろうか。

まさか罠ということもあるまい。

不気味なその音を聞きながら、ロメはマッドウルフの背に跨って地下遺跡を進んでいた。

頼りない青白い光をたどり、出口を探す。

落ちたときはどうなることかと思ったが、幸い黒狼のおかげで大事には至らなかった。

しかし、この地下遺跡の内部には、外の落とし穴などとは比べ物にならないほどの罠が数多く仕掛けられている。

すでにロメはいくつかの罠に引っ掛かっていた。

ゆえに彼女は自分の足で歩かず、マッドウルフの背に跨って、いつでも対応できるように備えている。

カチリと、再び嫌な音が耳を打つ。

「――右っ！」

「ガルゥ！」

広い通路の右壁から、凶悪な肉厚《にくあつ》の刃《やいば》が飛び出してきた。

知らなければ不可避《ふかひ》の罠に狙われたマッドウルフは、一瞬驚いた様子を見せるが、ロメの指示を聞いていたため、すかさず前に飛んでそれを躱した。

よく見ると、刃の正体は巨大な鎌《かま》だった。

少し錆《さ》びついた大鎌《おおがま》は、振り子のように壁の中に戻ると、再び地下遺跡は静寂に包まれた。

ロメはマッドウルフの背で、額の冷や汗を拭う。

ひとまず去った危機に安堵し、ほっと息を吐きかけた——そのとき。

「——ッ！」

再び罠が作動した音が聞こえて、素早く注意を払った。

今度は両側からだ。不自然に開いた数個の穴から、鋭い矢がいくつも射出《しゃしゅつ》される。

立て続けの攻撃ではあったが、先の罠で警戒心が増していたマッドウルフは、ロメの指示なしでもこれを回避することができた。

前に跳び、十数本の矢をやり過ごす。

窮地《きゅうち》を脱し、ロメは今度こそ安堵の息を吐く。しかし、その直後に再び何かの気配を悟った。

「……何？」

音が聞こえる。罠が作動する機械的な音ではない。

地鳴りのような、低く腹の底に響く重低音。

それは次第に大きくなり、遺跡全体が揺れているかのごとき轟音《ごうおん》と化す。

音が後ろからこちらに近づいてきて、ロメは黒狼と共に後方を振り返る。

するとその視線の先から……

「——ッ⁉」

水が押し寄せてきた。

地下遺跡の通路の半分の高さに達するほどの大波。

いったいどこから……？　そんな疑問が頭を掠める間もなく、とにかく逃げなければという思考が、ロメとマッドウルフの脳天《のうてん》を貫いた。

少女を乗せた黒狼は地面を蹴る。

地下遺跡の大通路を一直線に突き進み、後方から迫る水の魔手から一歩でも遠ざかろうと懸命に駆ける。

現在、マッドウルフは普段よりも素早い走りができる状態だ。この地下遺跡に落ちた直後発動させた身体強化スキルが、なおも持続しているからである。

そのおかげで押し寄せる波にわずかに速度で勝《まさ》り、背後の水音は次第に遠ざかっていった。

——このまま出口に着けそうな気がする。

そんな考えを抱き、ロメは深く息を吸った。

だが……

「——ま、前ッ！」

「グルアァ！」

ロストリメインの本当の恐怖はここからだった。

彼女たちが逃げる道の先。前方の左右の壁に、背中を預けるようにして佇《たたず》む二体の石像があった。

全身甲冑《かっちゅう》の姿を模《も》した、騎士《きし》の石像。

石の剣と盾をそれぞれの手に持ち、まるで通路を通ろうとする者を処罰《しょばつ》しようとしているみたいに睨みを利かせている。

よくよく見れば、胸から下の部分はあまり埃《ほこり》を被《かぶ》っておらず、加えて色も変わっている。

そのことから、先ほどの水の仕掛けに関係して置かれた石像なのは間違いない。

静かに佇むその二体を見つめて、ロメは言い知れぬ圧力を感じた。

――この感覚は……

このまま通り抜けるのは躊躇われるが、後ろからは水が押し寄せていて、迷っている暇《ひま》はない。

マッドウルフの背に揺られながら、ロメは間近に迫った石像を見た。

一瞬、目が合ったような気がした。

「――避けてッ！」

「ガル……」

ロメの咄嗟の叫びに反応し、マッドウルフは横に飛んだ。

刹那、右耳を風切り音が打ち、頬を鋭い風圧が掠めていく。

ロメたちが間合いに入った瞬間に、右側にいた石像が剣を横薙《よこな》ぎに払ったのだ。

いきなりの攻撃で逃走の勢いを殺された彼女たちは、地面に着地して再び走り出した。

その間、ロメは左側の石像に注意を向ける。

先ほどこの二体から感じたものは、野生モンスターの感覚。

この石像たちは、紛れもなくこのエリアの野生モンスターだ。

ロメの勘では、ランクはおそらくDかC。

『テイム』の力でぎりぎり操《あやつ》れるとは思うが、大波が押し寄せている今、そんな悠長《ゆうちょう》なことをしている時間はない。

やはりここは逃げに徹《てっ》するのが正解だ。

そう決断を下し、ロメはマッドウルフの背により強くしがみついた。

だが……

「ゴゴゴゴォ！」

石が擦れる重い音に似た鳴き声を発しながら、左の石像が剣を振りかぶった。

すかさずロメは黒狼の背をぽんぽんと叩く。

〝避けて〟という合図を受けて、マッドウルフは地面を蹴った。

先刻と同様、石の直剣は彼女らの横を抜けていくが、しかし石像の攻撃はそれにとどまらない。

右側にいた石像が、いつの間にか姿を消していた。

ふと頭上を影が覆う。

すかさず見上げると、そこには重い体を忘れさせるような跳躍を見せ、ロメたちの真上へと飛び上がった一体の石像の姿があった。

「――ッ！」

一瞬、その石像の体がきらりと光った気がして、次の瞬間には目の前に迫っていた。

予想外の落下スピード。

――もしやこれは石像モンスターのスキル？

黒狼もそれを悟ったのか、即座に横にステップするが、完璧に避けることはできない。

石畳に激しく打ち付けられる石の体。強い衝撃波が黒狼を襲い、同時に踏み砕かれた石畳の破片《はへん》が弾丸となって飛来した。

「ぐっ――！」

「グルアッ！」

少女と狼は苦悶《くもん》の声を上げて転倒する。

冷たい遺跡の地面に手をつき、顔をしかめながら体を起こした。

迫り来る大波とこちらを振り向く二体の石像、横たわったマッドウルフが視界に入り、ロメは息を詰まらせる。

長く逃亡生活を続けているけれど、ここまでの窮地に立たされたことはない。

——人や魔物だけを相手にするのと、エリアが相手ではこうも勝手が違うなんて。それに、また自分のせいで、他の誰かが……

脳裏に冒険者の男が吐いた、嫌な台詞が蘇る。

しかし、すぐにかぶりを振って、ロメはこの場に意識を引き戻した。

うろたえている暇なんてない。自分を責めるのは、あの幼い黒狼と一緒にここから逃げ出してからだ。そう心に決めたロメは、すぐさまマッドウルフのもとに駆け寄り、無事を確かめる。

傷はそこまで深くなかったが、走り続けた疲れが出ている感じだった。

主人を見上げて、マッドウルフは力なく立ち上がる。

そうやっているうちに、いよいよ水はそこまで迫り、石像たちは再び剣を振り上げていた。

ロメは黒狼に願う。

——あと少しだけ、力を貸して！

「【威嚇《ハウル》】！」

「グルアァァァァァ！」

地下遺跡全体を揺らさんばかりの咆哮。

周囲を石壁に囲まれた通路だけあって音が反響し、今まで聞いたどの【威嚇《ハウル》】よりも、大きく響き渡っていった。

あまりの爆音《ばくおん》に、主人のロメも顔をしかめる。

同時に、その彼女の後方から迫っていた石像二体が全身を硬直させた。

――効いたっ⁉

状態異常に強そうな無生物系モンスターに効くか半信半疑《はんしんはんぎ》だったロメは、動きを止めた石像を見て驚く。

イチかバチかだったたが、賭けには勝った。

すかさずロメはマッドウルフとともにその場から走り出す。

石像の動きを止めたとしても、水は止まらない。

自分たちを呑み込まんと、すぐそこまで迫っている。

二人は傷ついた体を懸命に動かし、あるかも分からない出口を目指して突き進む。

じれったく思った黒狼が、器用に口を使って主人を背に乗せて、全力で走り出す。

そんな中でロメは、視界の端に何か黒いものを捉えた。

それは、大きな通路の左側の壁に、ぽっかりと口を開ける大穴。

見ると、そこは階段になっていて、上へと続いているようだ。

「左の穴に入って！」

「ガルゥ！」

マッドウルフは鳴き声を上げ、走りながら進行方向を変えた。

方向転換したせいで、波との距離がどんどん狭《せば》まっていく。

水に足を捕らえられる寸前で横穴に飛び込み、そのまま階段を駆け上がっていった。

階段を上りきると、そこは大きな通路だった。

着地した瞬間、マッドウルフが濡《ぬ》れた足を滑らせて転倒し、ロメも勢い余って地面に体を放り出される。

「はぁ……はぁ……はぁ……」

うつ伏せに倒れながら、ロメは息を切らす。

なんとか階段の方に視線を向けると、水は来ていないようだった。

同じく彼女の前で倒れるマッドウルフも、疲れ切った様子で呼吸を荒くしている。

——今度こそ、本当にダメかと思った。

立て続けに襲ってきた罠を潜り抜けて、ロメは改めてそう感じた。

この遺跡に落ちたとき、このまま死んでしまっても仕方ないと諦めたが、実際こうして罠にはまってみると、必死になって逃げて、野生モンスターの力を酷使してまで生き延びようとしている。

まったく矛盾《むじゅん》していて、滑稽《こっけい》な話である。

まるでこの地下遺跡は、自分の本心に気づかせるように、追い込んできているみたいだ。

ロメは気持ちと噛み合っていない自分の本能的な行動に、惨めさを覚えてしまう。

歯を強く食いしばり、悔しさから拳を握りこんだ。

近くに倒れる黒狼に目を向けて、心中で謝罪する。

――無理をさせてごめんなさい。

――こんなことに巻き込んでごめんなさい。

――私なんかが生き延びようとして、本当にごめんなさい。

力なく手を伸ばし、横たわるマッドウルフに触れようとしたそのとき――

通路の奥から、物音が聞こえた。

伸ばしかけた手を咄嗟に止めて、ロメは視線をさまよわせる。

まさか、モンスター？　それともまた別の罠？

さすがにこれ以上逃げる体力は残っていない。気力だって底をついた。

音は次第に大きくなり、それがこちらに近づいてきている誰かの足音だと、ロメにも理解できるようになった。

自分たちが飛び出してきた階段とは反対側の壁の階段から聞こえてくる。

野生モンスター、何かしらの罠、はたまた自分を追う闇ギルドの手先。まあなんでもいいか――と、ボロボロのロメは自暴自棄《じぼうじき》になっていた。

どうせもう逃げ切れない。従魔は起き上がれないくらい消耗《しょうもう》し、自分だってそれなりの怪我をしている。

罠の一つも満足に回避できない今の状態で、これ以上自分に何ができるというのか。

絶望的な状況下で、彼女はふと思う。

絶対にありえないことだけど、もしこの足音があの不思議な少年のものだったら、どれだけ良いことか。

あそこまで拒絶して、自分から関係を断《た》ち切ったというのに、今さらこんなことを望むのは間違っている。

そう思っていても、願わずにはいられない。

もう一度あの少年に、優しい言葉を掛けてもらいたいと。

こんな私でも、生きていていいと言うように、助けてくれることを。

ロメは熱くなった銀色の瞳で、前方の階段を見つめる。

ゆっくりと通路に歩み出てくるその人影に、あの不思議な少年の姿を重ねた。

「あらあら、怪我をして、可哀相《かわいそう》」

しかし、そこからやってきたのは、赤紫色の長髪を靡かせる長身の女性。

黒い衣服を身に纏い、高《たか》らかに足音を響かせ、たった一人で地下遺跡の通路を歩いてくる。

見知らぬ奇妙なその女性を見つめて、ロメは緊張感から息を呑んだ。

果たして彼女は、〝敵〟か〝味方〟か〝それ以外〟か。

ロメの心臓が奏《かな》でる嫌な鼓動に、女性の魅惑的な声が重なる。

「初めまして、呪われたおチビさん。さすがにもう、諦めて捕まってくれるかしら」

あまりにも無慈悲《むじひ》な追撃者に、ロメは己の運命を呪った。

2

呪われている。

その言葉を聞いて、ロメは一族の村のことを思い出した。

実際に彼女はそこで日々を過ごしたわけではないが、話には聞いている。

恐ろしいモンスターに、たった一夜にして滅ぼされてしまったと。

どうやらその原因は、同じ一族の人間がそのモンスターに『テイム』の力を無理やり使ったせいらしく、自業自得と言われても仕方がない。

しかしその後、生き残った村の者たちまで、テイムの力を狙う悪人たちに殺されてしまったのだから、これを呪われていると言わずになんと言うのか。

結局、テイムの力がある限り、この手の惨事《さんじ》はついて回るのだ。

けれど、そんな呪われた一族の中にも、日々を楽しく過ごす者はいた。

彼女の父と母だ。

二人はいつもロメに優しく微笑んでくれて、事件のせいで酷い目に遭ったというのに、カルム族やテイムの力を一切恨んでいる様子はなかった。

不気味な一族の血が流れているということで、今や一人ぼっちになってしまったロメにとっての、唯一の拠《よ》り所。

当時、彼女はかなり幼かったが、今でも二人の顔は鮮明《せんめい》に思い出せる。

しかしそんな拠り所である両親までもが、幼いロメを守るために犠牲《ぎせい》になってしまった。

――だから本当に呪われていたのは、カルム族でもテイムの力でもなく、私だったんじゃないか。

彼女は自分の影に不気味な揺らぎを垣間見《かいまみ》た気がした。

地面に膝をつくロメは、恐る恐る黒衣の女性を見上げる。

「あなた……だれ?」

自分を見下ろす女性が発した言葉は、おそらく闇ギルドの連中と同じで、ロメを捕まえる、という、悪意に満ちたものだった。

しかし、緊迫した雰囲気に反して、女は悪ふざけをするような口調で肩をすくめる。

「さあ、誰でしょうね?」

「……」

ロメはますます警戒し、目を細める。

自分を追う側の人間というのはほぼ確定だが、態度に違和感を覚える。

闇ギルドからの回し者ならば、ロメが視界に入った瞬間に目を血走らせて追いかけてくるのが常《つね》だ。

それだけ、捕らえた際の報酬が莫大《ばくだい》なのだろう。

しかしこの女は、すぐに自分を捕らえようとはせず、傷ついた獲物《えもの》を見て楽しんでいるみたいだ。

闇ギルドの人間にも色々な性格の者がいるということだろうか――ロメはそう自己完結し、眼前の女性を闇ギルドの人間だと決めつける。

だが、次に紡がれた女の言葉により、早くもその認識が揺らいでしまった。

「本当にあなたって可哀相。自分がこんな目に遭っているのが、誰のせいなのかも分かっていないんだもの」

「えっ……？」

唐突《とうとつ》に向けられた憐《あわ》れみの言葉に、ロメはしばし言葉を失う。

誰のせいでこんな目に遭っているのか。

まるでそれが誰なのか知っているみたいな口ぶり。

この意味を悟り、ロメは目を見開いた。

この女は、知っている――いや、もしかしたら、彼女自身がそうなのかもしれない。

ロメは一層睨みを利かせて問う。

「闇ギルドに、私を追うように依頼したのは……あなた？」

「さあ、どうかしらね？」

「とぼけないでっ！」

女の態度にロメの語気が強まったのは無理もない。

もしこの女がカルム族を、ロメを捕まえるように依頼したのならば、長年の逃亡生活の元凶《げんきょう》が目の前にいるということになるのだから。

これまでの辛《つら》かった出来事を思い出しながら、ロメは唇を噛みしめた。

「その依頼のせいで、どれだけ私が……」

そう口にしかけ、しかし心中ではかぶりを振る。

いや、辛かったのは自分だけじゃない。

彼女の周りにいた人たち、モンスターたちもだ。

感傷的《かんしょうてき》な気分が押し寄せてきて口を閉ざしていると、ふと眼前の女性が大きなため息をこぼした。

せめてもの情けのつもりだろうか、彼女は腕組みをして話を始める。

「確かに……数年前、闇ギルドにカルム族を捕まえるように依頼したのは〝私たち〟よ」

「――ッ！」

「正確には、組織のリーダーの命令で依頼を出したの。野生モンスターを使役する力――テイムが計画に必要だからってね」

突然の告白に驚きながらも、わずかな女の台詞から少しでも多くの情報を得ようと、頭の芯はフル回転していた。

やはり、この女はカルム族捕獲《ほかく》の一件に深く関わっている。

女の話を鵜《う》呑《の》みにするなら、正確には彼女が所属している〝組織〟とやらのリーダーが命じたことのようだ。

ロメは一言も聞き逃すまいと、女の声に耳を傾《かたむ》ける。

「でもまさか、カルム族が潜んでいる村を襲撃して、住民のほとんどを手に掛けるとは思っていなかったわ。まったく、冒険者って使えない連中よね。リーダーもぼやいてたわ。でも、あなたはこうして生き残ってくれた。だから、依頼はまだ有効。それに……私たちの計画もね」

「……」

「あなたたちの一族は失敗したけど、私たちなら上手く暗黒獣を従えることができる。どう、一口乗らない？　それなりに良い思いはさせてあげるけど？」

悪魔のような微笑をたたえる女を、ロメは鋭く睨み返す。

自分が逃げ続けているのも、カルム族が滅びたのも、彼女の両親が命を落としたのも……すべてはその計画のせいだ。

ロメは密かに歯を食いしばり、両拳を握りこんで叫んだ。

「じょ、冗談じゃない！　そんなわけの分からない計画のせいで、たくさんの人たちが……」

「は？　何を言ってるのかしら？　あなたのせいでしょう？」

女はロメの方がおかしいとでも言わんばかりの態度で首を傾げる。

「えっ……」

予想外の反応に、ロメは目を丸くした。

女はまるで悪戯をしてしまった子供を諭《さと》すように、ゆっくりと言い聞かせる。

「あなたが無様《ぶざま》に逃げ回ったせいで、周りの人間たちが傷つけられてきた。あなたが逃亡に〝使った〟せいで、野生モンスターたちが苦しめられてきた。全部、あなたのせいじゃない」

「ち、ちが……」

「違わないわよ。その後ろに転がってるモンスターを見てみなさい。あなたのせいでそうなったのよ」

「……」

無意識に手足を震わせて、ロメはゆっくり振り返る。

そこには、テイムの力で使役した幼い黒狼が力なく横たわっていた。

本来なら、フローラフォレストが棲処《すみか》だというのに、ここまで無理に引っ張ってきたせいで、マッドウルフは疲労困憊《こんぱい》している。

これが自分のせいだってことくらい、ロメは理解していた。

彼女はマッドウルフを自分のために利用したのだ。

しかし、改めて他人にそう言われると、否定したい気持ちになる。

周りの人間たち、モンスターたちが傷ついているのは、何も自分だけのせいではない。

そう信じたいがために、ロメはかぶりを振り続けた。

しかし、女はロメを追い詰めるように容赦なく極論《きょくろん》を浴びせ続ける。

「そもそも、あなたがそんな力を持っているのがいけないの。嫌ならその右手をスパッと切り落としちゃえばいいじゃない。そうすればあなたはただの無価値な子供になる。もう誰も傷つかない」

「……うる……さい」

「——でも、それができないから、あなたは力を使う。周りを傷つける」

「うる……さい……」

「確かに、あなたが追われているのは私たちのせい。でも、あなたの周りが傷つくのはあなた自身の行動のせいなのよ。恨むならその血を——そんな力を持って生まれた自分の運命を恨みなさい」

「うるさいッ！」

激怒《げきど》したロメは声を荒《あら》らげた。

ろくに自分のことを知らない目の前の女が、分かったような口ぶりで話しているのが、何より癇《かん》に障《さわ》った。

——自分を罰するべきなのは自分なんだ。こいつなんかにとやかく言われる筋合いはない。

「お前なんかに、何が分かる。何も、知らないくせに……」

ロメはゆっくりと立ち上がった。

ふらつく体をどうにか支えて、顔を上げる。

今にも涙がこぼれそうになるのを堪《こら》えながら、ロメは行き場のない怒りをぶつけた。

「知った風な口をきくな！」

少女は走り出す。

広い地下遺跡の通路を、あるものを懸命に探しながら走る。

自分を追っているのは組織で、一人の人間ではないという。

だから目の前の女を倒しても終わりではない。それでも、こいつを倒せばしばらくは襲撃が止《や》むはずだ。

もっと上手くいけば、この女から糸をたぐり寄せて、組織とやらの正体を暴《あば》くことができるかもしれない。

すべては、こいつを倒してから。

小さな望みに懸《か》けて、ロメは戦う決意をした。

そのためにはまず、自分の力になってくれる野生モンスターを探す必要がある。

また自分のせいで傷つくモンスターが出るけれど、先ほどこの地下遺跡の罠とモンスターに酷い目に遭わされたので、それでおあいこではないだろうか。

それに、命令するのはたった〝一言〟だけだ。

両端に巨大な柱が並ぶ地下遺跡の通路を、ロメはひたすら駆ける。

するとすぐに、その柱の裏に一つの石像の姿を捉えた。

先刻の石像騎士と同じ、このエリアのモンスター。

あれなら……と思い、ロメは躊躇なく近づいていく。

これだけの距離なら自分とあの女の会話は聞こえていたはずだが、この石像騎士はその間ずっと動かずにいた。

どうやらこのモンスターは間合いに入ったら起動するタイプのようだ。

それを逆手にとる。

ロメは走りながら片方の靴《くつ》を脱ぐと、それを石像騎士に放り投げた。できるだけ間合いに入るまで時間が掛かるように、山なりの軌道《きどう》で。

数秒掛けて間合いに入った靴に反応し、騎士は石の直剣で空中を薙《な》いだ。

その攻撃の隙に石像の後方に回り込んだロメは、素早く騎士の背中に手を伸ばす。

ざらっと埃が付着した背に右手で触れると、マッドウルフのステータスに代わって、新しいステータスが彼女の手の甲に刻み込まれた。

種族：リメインナイト
ランク：D
Lv：13
スキル：【超重硬化《ヘビーオブジェクト》】

――テイム成功。

ロメは心中で一つ頷く。

すかさず後方を振り返り、道の真ん中で余裕の笑みをたたえる女に、人差し指を向けた。

「リメインナイト、あいつを倒して！」

「ゴゴゴゴォ！」

石の騎士は命令を受けて、剣を構えて女に向かっていく。

ランクは低いが、戦闘向きのモンスターだ。

それにこの【超重硬化《ヘビーオブジェクト》】なるスキルは、一時的に体の重量を激増させるスキルと思われる。

先ほどロメの頭上から襲ってきたときに使ったのも、おそらくこれだ。

初めてテイムした慣れないモンスターだが、スキルの詳細がはっきりしているなら戦略は組み立てられる。

見たところ、女は従魔を連れていないようだ。

今が絶好《ぜっこう》のチャンス。

一方、ロメがけしかけた騎士を見て、黒衣の女は口元に手を当てて笑う。

「あらあら、気性《きしょう》が荒いのね。ちょっとからかっただけじゃない」

悪気《わるぎ》など一切ないとばかりにそう言って、腰裏に手を回した。

彼女が取り出したのは、真っ黒な鞭《むち》。

各所にトゲのような小さな刃が付いていて、見るからに痛そうだ。

女はそれを振りかぶると、迫り来る石像騎士に打ち付けた。

すると信じられないことに、石像の巨体が大きく後方へと吹き飛んだ。

「そんな……!?」

鮮《あざ》やかかつしなやかな一撃は、石像騎士のみならずロメの心にも抉《えぐ》るようなダメージを与えた。

驚愕するロメの前で、女は深い笑みを浮かべた。

「案外、カルム族が滅びたのって、血の気《け》が多いせいもあるんじゃないかしら」

「くっ——!」

皮肉めいた台詞を聞き、ロメは思わず歯噛みする。

まさかあいつが、〝戦える人間〟だったなんて。

女一人だからといって油断していた。

しかし、よく考えれば、従魔もなしにここまで来ているのだから、彼女にはそれだけの実力があるということになる。

それに、戦いに慣れた人であれば、倒せないまでもDランクモンスターくらいなら相手にできるという。

だから、このくらいで驚いてはいけない。

起き上がった石像騎士が、再び命令どおり女に向かっていくのを見て、ロメは何か利用できるものはないかと視線をさまよわせた。

そして先ほど石像がいた場所とは反対側の壁に、もう一体の石像騎士を見つける。

すかさず先ほどと同様に攻撃を誘発し、駆け寄って右手で背中に触れた。

瞬間、右手の甲のステータスが一度消えて、じわりと変化する。

種族：リメインナイト
ランク：D
Lv：13
スキル：【超重硬化《ヘビーオブジェクト》】

レベル10（ビギナーズライン）を超《こ》えて間もないリメインナイト。

先ほど女にけしかけた石像騎士と同じモンスターだ。

ロメは再び女を指差して叫んだ。

「リメインナイト、あの女を倒して！」

「ゴゴゴゴォ！」

重厚《じゅうこう》な鳴き声を上げて、リメインナイトは走り出す。テイムの影響で、まるで従魔のように命令を聞き入れている。

そして最初にけしかけたリメインナイトも、相変わらず女を攻撃し続けていた。

二体の石像の攻撃を軽やかに躱しつつ、黒衣の女は得心《とくしん》する。

「なるほど。こっちの石像の『テイム』を解除しても、近くの人間を攻撃するから、実質的に二体での攻撃が可能ってことね」

その考察は正しかった。

先に放ったリメインナイトのテイムが解除されて野生モンスターに戻ったとしても、本能――あるいは特性――にしたがって、近くの人間を攻撃し続ける。

一体だけでは退けられてしまったが、二対一になれば対応は難しいはず。

女は攻撃を受けこそしないものの、防戦一方といった様子でジリジリと後退していく。

しかし次の瞬間、勝利を確信するロメの前で、二体の石像騎士が高らかに宙に舞った。

「……えっ」

呆然とその光景を見上げるロメの左右に、リメインナイトたちが落ちてくる。

重い衝撃音を響かせて地面に激突した石像は、それっきり鳴き声を上げることもなく光の粒《つぶ》となって消えてしまった。

あまりにも唐突で予想外の出来事に、しばしロメは固まる。

二対一となり、形勢が逆転したかに見えたにもかかわらず、どうして突然それが覆されてしまったのか。

ロメは確かに見ていた。

二体目のリメインナイトが迫る中、あの女はすべてを諦めたかのように力を抜き、無防備に立ち尽くしていた。

そこへ、不可視《ふかし》の衝撃が二体のリメインナイトを襲ったのだ。

特殊な魔石武具ならば、発動の引き金となる動きを見せるはずだ。

状況が信じられず、ロメは呻き声を漏らす。

「いったい……どうやって……」

「さあ？　タネも仕掛けもございません」

黒衣の女はおどけた調子で肩をすくめる。

するとその瞬間、ロメの腹部に激痛が走った。

「がっ……‼」

小さな体は軽やかに跳ね上がり、そのままリメインナイトたちと同じように地面に打ち付けられる。

意識が霞《かす》む中、変わらず無防備に佇む女をロメは見上げた。

今のは、リメインナイトたちを襲った不可視の攻撃と同じもの？

女は動いていない。しかし間違いなく、あの女の方向から攻撃された。

気づいたらすでに、吹き飛ばされていた。

朦朧《もうろう》とする意識の中、ロメは自らの敗北を悟って顔をしかめる。

女はゆっくりとロメに歩み寄ると、横たわる彼女を見下ろして、くすくすと笑い声を漏らした。

「あらあら、そんなに簡単に死なれちゃ困るのだけど。しっかりしてよね、呪われたおチビさん」

「……」

屈辱《くつじょく》的なこの場面で、ロメは何も言い返すことができなかった。

何か言えば、また茶化されると思ったから。

しかし女は無反応のロメに対して、変わらず面白がるように続ける。

「これでようやく大人しくなってくれるかしら。自分の意思でついて来てくれたなら、こんなことにはならなかったのにねえ?」

さすがにこればかりは、ロメにも我慢《がまん》ならなかった。

ロメは激痛を堪《こら》えて、たった一言だけ返した。

「そんなの……ありえない」

自分からついて行くなんて、ありえない。

経緯はどうであれ、一族や両親を手に掛けた連中なのだ。

たとえそうでなかったとしても、闇ギルドの連中やこの女は生理的に受け付けない。

ロメが嫌悪《けんお》を込めた瞳を向けても、女はそれをものともせずに首を横に振った。

「ありえなくないわよ。だって、あなたの居場所はこちらにしかないんだもの。そっちにいると、あなただけじゃなく周りも苦しむことになる」

「……」

「ほら、あなたが使役した石像は壊れちゃったじゃない。あの狼も疲れ果てて倒れている。最初からあなたが大人しく捕まっていれば、周囲の人間も、野生モンスターたちだって、傷つくことはなかった。あの子たちにしてみたら、あなたが逃げ延びようがどうしようが、関係ないのにねえ？　あぁーあ、かわいそう」

ロメは弱々しく唇を噛みしめる。

悔しくて情けなくて、自分自身を許せなかったから。

女が言っていることも真実だった。

無様に逃げ続けなければ、マッドウルフもリメインナイトも、今まで出会ってきた野生モンスターたちだって傷つくことはなかった。

最初から諦めていれば、誰も傷つかずに済んだ。

私なんて……

「安心して。あなたが今まで〝使って〟きた野生モンスターたちと同じように、あなたのことも〝使って〟あげるから」

その言葉を聞き、もう涙しか出てこなかった。

これは、当然の報《むく》いだ。

自分を生かすために他者を犠牲にしてきた、愚《おろ》か者への当然の報いだ。

でも……と、ロメは思う。

でも、結局こうなるんだったら、私のこれまでの人生は、いったいなんだったのだろうか。

他者を犠牲にしながら逃げ続けて、こうして最後には捕まって。

本当に無意味な日々だった。

彼女は、自分の運命を恨む。

自分の体に流れる呪われた一族の血を恨む。

力なく地面に倒れるロメは、ゆっくりと伸びてくる女の手を見つめて呟いた。

「ごめん……なさい……」

誰に向けられた言葉だろうか。ロメ自身にも分からない。

それでも彼女は心の中で繰り返す。

野生モンスターたちを傷つけて、ごめんなさい。

たくさんの人たちに迷惑を掛けて、ごめんなさい。

こんな呪われた力を持っていて……こんな、私なんかが生きていて、本当にごめんなさい。

心中の謝罪は誰の耳にも入ることなく。

言葉は泡のように消えてなくなる。
ロメは最後に、ゆっくりと目を閉じた。
──刹那。

「キュル、ルゥウウウウウウウウウウウウウ！」

耳をつんざく咆哮が轟《とどろ》いた。

「…………!?」

冷たく静かだったはずの地下遺跡に、可愛らしくも雄壮《ゆうそう》な鳴き声が響き渡った。
呆然とするロメの全身は一瞬で石のように固まってしまう。
それは目の前の女も同じで、ロメに伸ばされた手は中途半端な位置で止まっていた。
続けて聞こえてくるのは、こちらに迫る二つの足音。
地下遺跡の石畳を蹴るブーツの硬い音と、せわしなく跳ねる柔らかそうな音。
すると、一人の少年がロメと女の間に割り込んで、剣を振るった。
寸前で硬直が解けた女は紙一重《かみひとえ》でそれを回避すると、すぐさま後方へ飛び退《すさ》る。
女の顔に絶《た》えず張り付いていた妖艶《ようえん》な笑みが、ようやく消え失《う》せた。
ロメは目の前の少年の背を見上げて、絶句《ぜっく》する。

銀色の瞳をじんと熱くさせて、噛みしめた唇を小さく震わせた。

そんな彼女を振り返り、少年は……スライムテイマーのルゥ・シオンは、優しい笑みを浮かべる。

「待たせちゃって、ごめんね……ロメ」

今まで彼女が聞いた中で、一番温かい声だった。

気持ちが音を立てて崩れていき、ロメの心を大きく揺さぶった。

本当に、来てくれた。

夢かもしれない。幻覚かもしれない。

確かめるように、少女は震える声で呟く。

「どう……して……？」

あのときと同じだった。

森の奥で、怪我をして座り込んでいる彼女を、少年は何も言わずに助けてくれた。

どうしてこんな自分を助けてくれるのか。

あのときは、彼は明確な答えを見つけられずに言い淀んでしまったが――

「ロメと、話がしたいんだ」

今度はきちんと答えてくれる。

「えっ……」

「僕、ロメのことを何も知らないからさ。知らないまま仲良くなるのって、難しいと思うから。だから、助けさせてくれないかな」

「……」

従魔のスライムと共に、こちらを優しい眼差しで見つめる黒髪の少年。

彼の言葉には、一切の偽《いつわ》りも混じっていなかった。

ただ、自分と話がしたいだけ。自分のことを知りたいだけ。

仲良くなりたいだけ。

だから助けさせてほしい。

そんな優しい言葉を掛けてもらう資格が、果たして自分にあるのだろうか。

ロメは躊躇う。

今までずっと我慢してきた何かが、少しずつ崩れていき、瞳の奥から熱いものが流れてくる。

それを隠すように顔を伏せ、彼女は涙声で小さく頷いた。

「……うん」

初めて、自分から誰かに助けを求めたかもしれない。

そうさせるだけの不思議な魅力が、目の前の少年には宿っていた。

頼りたくなってしまった。

仲良くなりたいと思ってしまった。

自分で自分を許せなかったけれど、この少年が自分を許してくれる。

だから今、銀色の瞳から大粒《おおつぶ》の涙を流し、頬を一杯に濡らしていた。

泣きじゃくるロメの前で、少年は敵の方を振り向く。

細くも頼もしい背中を見せると、ルゥは安心する声を響かせた。

「待っててね、ロメ。すぐに終わらせるから」

聞こえるはずもない小さなお礼を、ロメは泣きながら呟いた。

3

ラミア・ロボロは訝《いぶか》しんでいた。

赤紫色の髪と同色の瞳を糸のように細くして、眼前の闖入者《ちんにゅうしゃ》を観察している。

（……スライムテイマー？）

黒髪の少年とその従魔には何か引っ掛かりを覚えたものの、大した脅威《きょうい》には思えず、彼女はそれ以上深く考えるのをやめた。

「誰よ、あんた？」

ラミアの気楽な問いかけに対して、スライムテイマーの少年は油断なく木剣の切っ先を向けて睨み返した。

質問にも答えず、気に入らない態度を取る少年に、ラミアはこめかみをヒクつかせる。

「部外者のくせに、首を突っ込まないでくれるかしら」

この言葉を聞き、ようやくルゥは口を開いた。

「部外者じゃない」

「はあ？」

「僕たちは、ロメの仲間だ」

どこかで聞いたような——というか、使い古された〝正義の味方じみた台詞〟に、ラミアは嘲笑《ちょうしょう》を漏らす。

「あっそ。なら殺されても文句言わないでちょうだいね」

無論、この少年がどこの誰であろうと、ただで帰すつもりは毛頭《もうとう》なかった。

顔にこそ出していないが、いよいよこれからというところで邪魔をされて、相当頭に来ているのだ。

だからこそ、自らの手で痛めつけてやろうと、ラミアは鞭を握る手に力を込める。

「お前こそ誰なんだ。ただここを通りかかった人間……ってわけじゃないだろ。闇ギルドの冒険者とも違うし」

「へぇ〜、闇ギルドを知ってるのねぇ……」

少年からの質問で、ラミアはいつもの笑みを取り戻した。

同じ説明をするのは面倒だったが、あの野蛮《やばん》な闇ギルドの連中と一緒にしなかったのは評価に値《あたい》する。

ラミアは頷きを返す。

「お祭しのとおり、私は闇ギルドの人間じゃないわ。ある組織の一員よ。……って、あんたはそれについても知ってそうね」

「……モンスター、クライムか？」

「なぁ〜んだ、やっぱ知ってるんじゃない」

意外にあっさりと返され、ラミアはつまらなそうに肩をすくめた。

多少は驚いたり怖がったりするのを期待していたのだが。

このままいたぶっても面白くないので、せめてもう少し脅《おど》してやろうと、彼女は残忍な笑みを見せる。

「今すぐに後ろの子を渡してもらえないかしら？　それなら、殺さないでおいてあげるけど」

「それはできない」

「へぇ〜、そんなに死にたいの？」

「僕はただロメを助けたいだけだ。それに、あんたがモンスタークライムだっていうなら、なおさら引き下がれない」

まるで組織と因縁があるような口ぶり。

しかしそんなことよりも、ただのスライムテイマー風情が自分に歯向かってくるのが気に入らなかった。

従魔がいないと思って強気に出ているのかもしれない。

ラミアは己の優位を示すべく、鋭い視線を向ける。

「そんな子のために命を懸《か》けるなんて、バカバカしい。あんた、そいつがどんな人間か知ってて庇ってんの？」

「ロメは何もしていない。ただ事件に巻き込まれただけだ」

「無関係な人間やモンスターを巻き込んで逃げ回って、周りに迷惑を撒き散らしてるんだから、有罪でしょ。何もしていない？　なら本当に何もせずに捕まって、私たちの役に立てばいいのよ」

「それはあんたらの都合だろ！　悪いのは勝手に追いかけ回す奴らの方だ」

「はぁ……譲《ゆず》る気は、ないのね？」

「全然」

ルゥの瞳に宿る意志は揺るがない。

いくら脅しをかけても少女の前から動くつもりはなさそうだ――そう悟ったラミアは、諦めたように嘆息する。

「あっそ。なら遠慮なく行かせてもらうわ。けど――」

ラミアはルゥの全身を一とおり見て、憐れみの言葉を掛けた。

「あんた一人で守り切れるかしらね？　ろくな装備も持たずに」

「僕一人だけじゃない」

「はっ？　スライムと一緒だから、とでも言うつもり？」

「それもそうだけど、僕にはちゃんと、頼れる仲間がいる」

「……？」

（他にも仲間が？　こいつの妙に強気な態度はそれが理由？）

疑う一方、そういえば自分にも仲間――おバカな妹――がいるのだったと思い出して苦笑する。

呪われた少女を追ってこのエリアに入ったはいいものの、見事に罠に掛かってはぐれてしまい、それっきり音沙汰《おとさた》がない。

まさかこんなエリアの罠で死んだとは思えないが、いち早く自分のところに来ないのは不思議だった。

道に迷ったとしても、従魔の嗅覚《きゅうかく》を使えばすぐに済みそうなものだが。

（――ったく、あいつ、何やってるのよ。面倒なことになりそうだから、さっさと来なさいよね）

ラミアが心中で毒づく一方、ルゥも同行者の行方を気にしていた。

目の前の少女を救う目的もあるが、パーティーメンバーの安否も気掛かりなので、早くこの戦いを決着させねばならない。

ルゥは木剣を握りしめる。

隣の相棒と共に目前の敵を注視《ちゅうし》して、戦いへと意識を切り替えた。

「もう二度と失敗しない。お前たちに大切なものを、奪われるわけにはいかないんだ」

一つの戦いが始まろうとしていた。

＊＊＊＊クロリア＊＊＊＊

ルゥ君とはぐれてから数十分。

私は相棒のミュウを抱きながら、あてもなく地下遺跡をさまよっていました。

罠や不気味な石像が多すぎて、なんだかもううんざりです。

穴に落ちたときはどうなることかと思いましたが、案外そこまで深くなく、ミュウの支援魔法を使って大事には至りませんでした。

それから出口を探して歩いてはいますけど、一向に見つかる気配はありません。

ルゥ君とロメちゃんの行方も気になるので、せめてどちらかと合流できればいいのですが。

「こんなことになるなら、お互いに分裂体を渡しておくべきでしたね」

「ミユミユウ」

私の愚痴《ぐち》を聞き、ミュウは同意するように頷きました。

冷たく寂しい地下遺跡において、唯一の癒《い》やしになっている相棒を労って、頭をなでなでします。

そんなとき、道の向こう側から人の声が聞こえてきました。

「あぁーもう、全然見つかんないい」

うんざりするような口ぶりのそれは、女性のものです。

ルゥ君とロメちゃんのものではありません。

反射的に足音を殺して近づいていくと、そこは大きな正方形の空間になっていました。

今までの地下遺跡の通路とは別種のものです。

その大部屋の中央には、先ほどの声の主と思われる女性と、従魔の姿がありました。

赤紫色のショートヘアに、露出《ろしゅつ》が多い黒の衣装。従魔は爬虫種の大蛇型モンスター。

両方ともすごく怖いです。

知りもしないのに失礼な感想を抱いていると、彼女たちの足元に何かあるのが目に留まりました。

バラバラになった石像の破片でしょうか？

私が目を向けるのと同時に、それらは光の粒となって消えてしまいました。

どうやらこの地下遺跡の野生モンスターと戦っていたみたいです。

彼女がうんざりしている理由も明らかになったところで、女性はこちらを振り向きました。

「ラミア姉《ねえ》より先に見つけて、驚かせようと思ったんだけどなぁ…………んっ？」

彼女たちもこちらに気が付いたようで、私は少しだけドキリとしてしまいます。

私は特に声を掛けずに、その場を素通りしようと足を速めました。

人と話すのは得意ではないのです。

しかし……

「ねえ、あんた？」

なるべく距離を置いて横を通り過ぎようとした瞬間に、声を掛けられてしまいました。

年上の怖い女の人に絡まれて、思わずギクリと肩が震えます。

私はやむなく彼女たちの方を振り向き、首を傾げました。

「……はい？」

すると女性は、少し安心するように微笑みました。

無視をされたら気分が良くないのは誰でも一緒ですもんね。

私としては勘弁してほしい限りですが。

「こんくらいの小さなガ……子供見なかった?」

彼女は自分の腰よりわずかに下の位置を手で示しました。

ここが人里離れた遺跡エリアでさえなければ、なんてことはない普通の問いかけです。

私は驚愕しつつも顔に出さないように注意しながら、蛇使いをじっと見据えます。

先ほどとは別の意味で、心臓が脈打ちました。

私は極力《きょくりょく》平静を装い、彼女の質問に答えます。

「見ていませんね」

「あっそ。どーも」

そのまま私たちは視線を外し、お互い反対側の道に歩き出しました。

コツコツとしたブーツの音と、爬虫種のモンスターが地面を這う音が次第に遠ざかっていきます。

そのまま大部屋を出ようとした――そのときです。

「――ッ!?」

後方からかすかな殺気を感じ取りました。

すかさず振り向くと、こちらに向かって飛来するナイフが。

ギラリと光るそれを、なんとか体を捻って回避します。

右腕を掠めてしまいましたが、大怪我というほどではありません。

腕の中のミュウを落とさないように気を付けて、私は顔を上げて見ました。

ナイフを投げた姿勢のまま、こちらを鋭く睨みつける蛇使いの女を。

「へぇ、直撃は避けたかぁ。えらいえらい」

「……」

彼女はバカにするような口調でそう言うと、怪訝《けげん》な目を向ける私に肩をすくめて続けました。

「どうして自分が攻撃されたか、分からないみたいね」

「……逆に、この状況に疑問を持たない人は、いるんでしょうか？」

「……それもそうね」

こんな状況でも冷静に返す私が面白かったのか、蛇使いはくすくすと笑いました。

私は変わらず、警戒の視線を送り続けます。

彼女は先ほど投げた物と同じナイフを片手で弄《もてあそ》びながら言いました。

「一般人がこんなエリアに立ち入っているはずがない。討伐対象になるモンスターなんていないし、目ぼしいアイテムもほとんどないから。それに最近、近くのエリアのランクは再設定されたばっかりで、稼ぎが良くなってる。なおさらここに近づく理由はない……でしょ？　だから今ここにいる人間は二通りに分かれる」

饒舌《じょうぜつ》にそう語ると、蛇使いは人差し指を立てて続けます。

「一つ、闇ギルドの人間。あのガキを追っている闇ギルドの人間なら、今この瞬間、地下遺跡にいても不思議はない。まあ、簡単な依頼も達成できないノロマどもは見つけ次第ぶっ殺すって確定してるけど」

「……」

彼女の物言いに、ますます警戒心が強まります。

そんなこちらの心中を知らずに、今度は中指を立てて言います。

「二つめは、あのガキを助けようとするバカな連中。こっちは言うまでもなく、私らの邪魔だからぶっ殺す。つまり、どっちもぶっ殺すってこと。どっちかって言えば、あんたは後者でしょ？」

「……野蛮な考え方ですね。決めつける根拠《こんきょ》も薄いですし」

「でも当たってんでしょ。それに、私の攻撃を避けたからには、あんたもある程度予想してたんじゃない？　もしくは、そっちから攻撃するつもり、だったとか？」

「……」

別に、そこまでする気はありませんでした。

こっそり後をつけて、動向を探るだけ。

しかしこうなってしまっては、穏便《おんびん》なその方法も叶わなくなってしまいましたが。

さて、いったいどうしましょう。

我ながら不思議と落ち着いた頭で考えていると、不意に目の前の景色が……陽炎《かげろう》のように揺らぎました。

「えっ……」

次に手足から力が抜けて、私はミュウを抱いたまま地面に倒れてしまいます。

相棒は腕の中で困惑しています。

不意に頭上から聞こえるのは、あの蛇使いの女の声。

「そろそろ毒が回ってきたみたいね。さっき投げたのは、私の従魔の毒がたっぷり塗られたナイフ。掠ったただけでも動けなくなるわ」

「……」

なんとか頭を持ち上げて彼女を見ようとしますが、顔までは視界に入りません。

しかし見えなくとも、勝ち誇《ほこ》ったような表情で見下ろしているのは分かります。

「あんたも災難《さいなん》だったわねぇ。あんなガキのために命を落とすことになるなんて。大人しく見て見ぬふりをしてれば、こんなことにはならなかったのに」

憐れみを含みつつ、それでいてバカにする口ぶり。

そして蛇使いの女は、一層面白がるような口調で、私に語りかけてきました。

「こうしてまた犠牲が増えて、あいつのために死んだ人間がどんどん積み上がっていく。だいたい、誰のせいでこんな薄汚い場所を探し回る羽目《はめ》になったと思ってんのよ。ホント、とんだ厄介者《やっかいもの》。呪われてるなんてもんじゃないわよね」

そう言って、彼女は大きくため息を吐きます。

「ま、そんな呪われたクソガキを助けようって連中も、頭が足りないとしか思えないけど……そう思わない？」

「……」

黙って話を聞いていた私は、頭の中でぷつりと何かが切れるのを感じました。

動かないはずの拳をぎゅっと握りこみ、歯を食いしばります。

そして腕の中で心配そうにこちらを見つめる相棒に、小さな声で短く言いました。

「ミユウ、【キュアー】です」

「ミユミユウ！」

ほのかな白い光が私の全身を包み込むにつれて、体の自由が戻ってきます。

ゆっくりと立ち上がる私を見て、蛇使いは驚きを露《あら》わにしました。

私は低い声で告げます。

「私はまだ、ロメちゃんについてあまりよく知りません。なのでこうして自分のことのように怒るのは、おかしいとは思うのですが……」

俯き加減だった顔を上げて、大蛇の眼光もかくやという睨みを浴びせました。

「私の仲間が助けたいと思っている人のことを、悪く言うのはやめてください！」

大声に反応して、蛇使いと大蛇は身構えます。

すかさず私も腰裏に手を伸ばし、戦闘態勢に入りました。

この人は、絶対に許しません。

ロメちゃんだけではなく、彼女を守ろうとするルゥ君のことまで侮辱《ぶじょく》しているのですから。

私は右手で掴んだものを、勢いよく引き抜きます。

勝てるかどうかは分かりません。

でも、ここで逃げるわけにはいきませんから。

それにこれは、思いがけず巡ってきた挽回《ばんかい》のチャンス。

私はもう、彼の背中を見つめるだけの、弱いクロリア・ハーツではないのです！

「もう二度と失敗しません。後ろに隠れるばかりで、これ以上置いてけぼりにされるわけにはいかないんですから」

私とミュウの戦いが、始まろうとしていました。

＊＊＊＊＊＊＊

目の前の無力だったスライムテイマーの少女が、突然戦う意思を見せてきたことに、ナナガ・ロボロは驚きを禁じ得なかった。

大蛇型の従魔——ラージャンスネークの毒は、掠めただけで体の自由を奪うほど強力だ。

だが、黒髪おさげの少女は、それを一瞬のうちに消し去ってみせた。

彼女の腕の中にいるスライムは、少し特殊なものであることをナナガはおぼろげに思い出す。

しかし、彼女が真に驚愕したのはそこではない。

見るからに非力でろくに戦闘経験などないはずのスライムテイマーが、〝あれ〟を構えた瞬間に顔つきを変え、闘志を剥き出しにしたことだ。

（あれは……メイス？）

ナナガの目に映っていたのは、先端が正八面体になっている、銀の片手棍《メイス》。

細身の少女が握るにはなんとも不釣《ふつ》り合いなその一本は、自信がなさそうだった彼女にとって確かな支えになっている。

あんなもの一本でどうにかできるはずがないのだが、スライムテイマーの自信に満ちた顔を見る限り……

（魔石武具……かな）

ナナガは目を細めて予測を立てる。

姉に比べると頭の切れは相当悪いが、豊富な戦闘経験に裏付けされた感覚は侮《あなど》れないものがある。

そんな彼女の前で、クロリアは口を開く。

「ミュウ、【ブレイブハート】です」

「ミュミュウ！」

黒髪の少女が指を三本立てて自身を指し示すと、頭に乗ったピンク色のスライムが鳴いた。

瞬間、赤色の光が、彼女の全身を包み込む。

身体強化魔法の一種だ。

筋力を強化する魔法で、ナナガも何度かそれを見たことがある。

しかし、心なしか普通よりも色が濃かったような気もする。

武器を構えたのみならず、補助魔法まで使って戦意を露わにするクロリアを前に、ナナガは一層警戒して身構える。

するとクロリアは次に、首を傾げながら武器をまさぐりはじめた。

「えっと……これをこう、ですかね？」

付いた様子。
そんなこととは露知《つゆし》らず、クロリアは悠長に武器を弄《いじ》りまわし、ようやく使い方に気が
そう考えて、ナナガは怒りを募らせる。
自分相手でも問題ないと思われたのだろうか。
そんな不確かな武器を、この場面で持ち出してくるなんて。
まだ使い慣れていないのだろうか。
思わず呆気《あっけ》にとられてしまうナナガ。
「……？」

カチッという音がして、少女は〝うわっ〟と声を漏らす。
魔石武具が起動したらしい。だが傍《はた》から見た限りでは変化が分からない。
ますます訝しむナナガに向けて、準備を整えたクロリアは一声を浴びせた。
「では、行きますよ！」
次の瞬間、少女は地面を蹴って駆けだした。
身構える蛇使いを目指して、一直線に向かってくる。
間合いに入るや、スライムテイマーはメイスを振るう。
大蛇の従魔とその主人は素早く後方に下がり、初撃を難《なん》なく躱してみせた。
続けて、主人の方を追うクロリアは、不慣れな手つきでメイスを再度振りかぶる。

ブンッ！　ブンッ！　と空《くう》を切る音を聞きながら、ナナガは思った。

（……おっそいなぁ）

筋力強化魔法のおかげで、とりあえずメイスは振れているが、素早さがまるでない。

敵に接近し、懐に入るまでの敏捷性が欠如《けつじょ》している。

おまけに型も技もほとんどなく、戦いの駆け引きもできていないので、攻撃が当たる気がしないのだ。

近接戦闘に関しては素人《しろうと》以下。

だからこそ、ぶつけるだけで済む棍棒《こんぼう》を武器に選んだのだろうけど、それにしても攻撃が単調だ。

（これじゃあラージャンスネークどころか、こっちにすらまともに当たらない。つーか、そんな物で攻撃されたところで、大して痛くないっつーの）

必死に追いすがるクロリアを見つめながら、ナナガは心中で嘲笑《あざわら》う。

あのか弱い少女が持てるくらいなら、相当軽い素材でできているはず。

さすがに先端部分で殴られたら痛いだろうが、柄《え》を受け止めるくらいならノーダメージで済む。

武器を奪っておしまいか、ラージャンスネークを前に出して定石《じょうせき》どおり仕留《しと》めるか。

どちらにしても、負ける気はしない。

(なんでこんな奴が自信満々で勝負に乗ってくるの？　意味分かんないし)

変わらず嘲笑するナナガに、クロリアはメイスを上段から振り下ろした。

「せ……やぁ！」

ひょいと軽やかに避けるナナガの左横を、メイスが掠めていく。

反撃にナイフでもお見舞いしてやろうかと考えた――そのとき。

ズッゴォォォォンッ‼　という轟音が耳元で炸裂した。

「…………はっ？」

見るとそれは、クロリアのメイスによるものだった。

ナナガに命中しなかったそれは、当然地面に叩きつけられている。

しかし、巨大な石像が踏み荒らし、幾多《いくた》の罠の衝撃でも傷つかなかった地下遺跡の石畳が……まるで焼き菓子のように容易《たやす》く粉砕《ふんさい》されていた。

予想外の威力――というか、想像を絶するその光景に、ナナガは数瞬《すうしゅん》の間我を忘れて立ち尽くす。

少し遅れて襲い掛かってきた石畳の破片を受けて、彼女ははっと我に返った。

ナイフで反撃しようなどという考えは真っ先に捨て去り、すかさず後方へ飛び退く。

己の従魔の真横まで逃げると、驚きを隠さずに問いかけた。

「あ、あんた……いったい何よ、それ」

ナナガが一点に視線を注ぐのは、打ち下ろされた銀のメイス。

クロリアはゆっくりとした所作《しょさ》でそれを肩に担《かつ》ぐと、してやったりという笑みを浮かべた。

「先ほど毒ナイフについてバラしてくれたお礼に、こちらもお教えします」

情けをかけるような物言いだったが、ナナガにはそれに腹を立てる余裕すらない。

今はただ敵の持つ武器の性能が予想を上回《うわまわ》っていたことに、動揺するしかなかった。

「これは、フレンジーエレファントという野生モンスターの魔石をふんだんに使った魔石武具です。加重式の魔石で、効果を発動すればメイスが重くなります」

「……」

クロリアの説明を受けて、ナナガの頭は次第に冷静さを取り戻してきた。

あれは超重量のバカみたいなパワーメイス。普通の人間じゃまともに振るのもままならないであろう、無茶苦茶《むちゃくちゃ》な武器だ。

先ほど魔石武具の効果がはっきり分からなかったのも、単純に重量が増えただけで表面上では確認ができなかったから。

そこまでしてクロリアが、あの武器を選んだ理由。

ナナガはそれを想像する。

自分の従魔の技を活用して、戦い方を見出《みいだ》すのはテイマーとしての基本だ。

だから彼女はピンクのスライムが得意にしている補助魔法に目を向けて、それに合う武器を選んだ。

筋力強化の魔法があれば、無茶苦茶な重さの武器だって使いこなせる。

重さで威力を上げることに特化した武器と、それを扱うための補助魔法。それがこの少女の戦い方だ。

ナナガはクロリアの笑みを見つめて、遅まきながらその結論に達した。

それでもまだ納得がいかないところがある。

たとえ重さを一点集中で増加させた武器でも、果たしてあそこまでの威力が出せるものだろうか。

補助魔法を得ているとはいえ、相手は自分よりもはるかに貧弱《ひんじゃく》な少女。

まだ何か微妙なズレを感じる。

これ以上、いったい何を隠しているというのか。

「……まあ、いいわよ」

考えることが苦手《にがて》なナナガは、すぐに思案を打ち切った。

自分には分析的な戦い方は似合わない。

それに、悩んでいるところを見られれば、またお情けで説明を受けることになりそうだ。

モンスタークライムの一員として、そんな屈辱は受け入れられない。

「これ以上ネタバレされると公平じゃなくなるし、勝っても気持ち良くないから……」

そう言ってナナガは腰から毒ナイフを二本抜き、両方の手で逆手持ちにする。

まるで蛇の毒牙《どくが》のようにそれを構えると、従魔の大蛇の背に跨った。

もう手加減なんてしない。本気でこいつを獲《と》りに行く。このスライムテイマーは、自分が本気になるに値する——そう認識を改めて、彼女は〝ひひっ〟と奇妙な笑い声を上げた。

全力へと意識を切り替えたナナガは、目前の敵を倒すべく行動を開始する。

「ラージャンスネーク、【毒蛇吐息《スネークスモーク》】！」

「シャーッ！」

命令を受けた赤紫色の大蛇は深く息を吸い、肺に空気を溜める。

黒髪の少女を狙ってガバッと口を開くと、そこから紫の吐息《といき》が大量に噴射《ふんしゃ》された。

クロリアはすかさず後方へ飛び退るも、頭に乗せたミュウ共々紫の煙《けむり》に包まれてしまう。

それを確認したナナガは、すかさず従魔の背を右手で叩いた。

右から回り込んで噛みつく、という合図である。

毒煙で動きと視界を制限された敵に、ここぞとばかりに追撃する。

それが彼女たちにとってお決まりの初手であり、必勝パターンだった。

（毒こそ至高。私たちだけに許された最高の攻撃）

ナナガ自身は己の従魔の毒にある程度の耐性を得ている。

ゆえに、平然と自らの従魔に毒煙の中に飛び込めと指示できるのだ。

ナナガを乗せたラージャンスネークは、ぐるりと右に回り込み、煙の中に入っていく。

音もなく凄《すさ》まじい速度で這い進むと、紫の霧の中心に、小柄な少女の影を捉えた。

直後、主人でも目を見張るほどの突進で、少女の肉体にガブッと噛みつく。

「ぐっ――――！」

ラージャンスネークの口元から、少女の呻きが聞こえた。

丸呑みとはいかないまでも、完璧に横腹を捉えることに成功した。

鋭い歯は体の奥まで入り込み、同時に毒も多量に送り込まれている。

――勝った。

そう確信したナナガの耳に……

「せ……あっ！」

少女の叫び――

ズンッ！　という鈍くて重い轟音――

「ギシャッ！」

そして己の従魔の叫びが、ほぼ同時に聞こえてきた。

次の瞬間、ナナガの体が横へと攫《さら》われる。

跨っているはずの大蛇が凄まじい衝撃によって飛ばされて、それに巻き込まれたようだ。

視界が激しくブレる中、従魔と共に地下遺跡の壁面に激突して頭を打った。

ナナガは頭を押さえながらなんとか立ち上がる。

「いっ……たぁ」

衝撃を受けてナナガはふらつく。

見ると、かなりの距離を飛ばされたようで、いつの間にか毒煙の中から抜け出していた。

その奥に転がっているだろう黒髪の少女の方を見て唇を噛む。

大蛇に噛みつかれるほどの大ダメージを受けてもなお反撃する気力があるとは、大した精神力だ。

それに、Bランクモンスターのラージャンスネークを人の手で吹き飛ばすとは、とんだ小娘である。

(ちょっと予想外の一撃をもらったけど、向こうの方が傷は深いはず。これで私の……)

「……ミュウ、【キュアー】【ヒール】です」

「ミミュウ！」

半ば勝利を確信していたナナガの耳に、少女とスライムの声が響いてきた。

ナナガは次第に晴れていく毒煙の先を、目を見開いて見つめる。

やがて視界が明瞭《めいりょう》になると、そこには何事もなかったかのように微笑む、少女とスライムの姿があった。

「なっ――――！」

ナナガは驚愕し、思わず声を漏らす。

完璧に捉えたはずなのに、どうして平気で立っていられるのか。

目眩ましの毒煙そのものは、状態治癒の魔法で意味がないだろうということは織り込み済みだった。

しかしまさか、これほどの回復魔法まで持っているなんて。

ラージャンスネークの歯が深々と食い込んだはずの少女の腹部は、衣服が破れているだけで、傷は完全に塞がっているではないか。

（チッ！　やっぱりあのピンク色が邪魔だ！）

いつもなら最初の毒息で包んだ時点で決着がついているはず。ましてや、ラージャンスネークの毒牙を受けて立っていられる奴なんて一人もいなかった。

しかし黒髪の少女は、こうしてまだ目の前に立ち、平然と笑っている。

厄介――――というより、相性《あいしょう》最悪だ。

攻撃力だけではない。このコンビはとんでもない耐久力も持ち合わせている。

歯ぎしりするナナガの前で、クロリアは〝ありがとう、ミュウ〟と、呑気にお礼を言っている。

これにはさすがに頭に来た蛇使いは、舌打ち混じりに呟いた。

「雑魚スライムのテイマーが。まぐれ当たりで喜んでんじゃないわよ」

「……」

それが聞こえたのか、クロリアはちらりとナナガを一瞥すると、頭の上のスライムに何か囁いた。

ナナガの場所からでは上手く聞き取れず、彼女は訝しむ。

そんな中、不意にクロリアがナナガたちの方を指差して、威勢《いせい》よく叫んだ。

「ミユウ、【スローネス】です！」

「ミユミユウ！」

すると、ナナガの真横でふらつく大蛇が、真《ま》っ青《さお》な光に包まれた。

一瞬身構えたナナガだったが、自分ではなく従魔が狙われたと気づき、わずかに体の力を抜く。

黒髪おさげの少女は目を細くしてナナガを睨みつける。

「ミユウをバカにした罰ですよ」

「はぁ？」

意味分かんない――という視線を向けるナナガを、クロリアは三本指のまま指し示しながら続ける。

「相手の素早さを低下させる弱体化魔法です。私がどれだけ遅くても、これであなた方に追いつけます」

（……弱体化魔法？　そんなものまで使えるのか）

ナナガは唇を噛みしめる。

やがて吹っ切れたように鼻で笑うと、彼女は肩をすくめて言い放った。

「ふん、それだけで勝ったつもり？　たった一回の弱体化魔法をかけたくらいで、ラージャンスネークに追いつけると思ったら大間違いよ」

ナナガは嘲笑を浮かべる一方、頭の片隅《かたすみ》で勝負の行方を考える。

確かにあのメイスの攻撃力と、スライムの多彩《たさい》な魔法は厄介だ。

しかしもう一度目眩ましをして噛みつけば、それで終わり。

どんなに回復しても、遠からず魔力切れを起こす。

奴は噛みつかれたら、回復魔法と状態治癒魔法の二つの魔法を使わざるを得なくなる。

それだけでも相当な魔力消費だ。

あのスライムはまだレベル20のミドルラインにも到達していないはず。

だとしたら、内包している魔力は少ない。

加えて身体強化の魔法も併用《へいよう》しているので、せいぜいあと一度回復するのが精一杯だろう。

それが奴らの限界。スライムテイマーとしての天井《てんじょう》だ――あくまで想像にすぎないが、ナナガはそう分析した。

勝利を確信した彼女は、再び大蛇の背に跨ると、両手のナイフを構えて従魔に命令を出す。

「ラージャンスネーク、【毒蛇吐息《スネークスモーク》】！」

「シャーッ！」

先刻と同様、黒髪おさげの少女を狙って噴射された毒煙は、瞬く間に地下遺跡の部屋を紫色に染めた。

そして煙の中で、ナナガは大蛇の背を左手で力強く叩く。

左側から回り込んでの追加攻撃。

多少素早さが減《げん》じられていたとしても、視界を奪われて動けない相手に食らいつくには充分だ。

（今度こそ完璧に奴らを仕留める。あわよくばあのピンクスライムを自分が直接狙って、回復源を断つ。笑っていられるのも今のうちよ。『双蛇の威嚇《サーペントデュオ》』のナナガ・ロボロに楯突《たてつ》いたことを後悔させてやる！）

目を細め、恐ろしい蛇の眼差しで敵を射抜《いぬ》く。

彼女らの前に立つ者は、全身を毒に蝕《むしば》まれ、苦しみ悶《もだ》えて息絶《いきた》える。

それが『双蛇の威嚇《サーペントデュオ》』に仇《あだ》なす者たちの定めだ。

ナナガの命を受けたラージャンスネークは、細長い体をバネのようにしならせて急進した。

敵の左側に回り込み、その貧弱な体を噛み砕くべく這い進む。

ナナガは不気味な笑みを浮かべて、信じて疑わない勝利に手を伸ばす。

(これで私の……勝ちだ！)

「――――――えっ⁉」

突然、ナナガの視界が、激しく揺れた。

目の前の映像が高速で流れていく。

従魔に預けている体は抗《あらが》いようのない力によって押し流され、従魔の背から投げ出された。

すぐさま、何かに激突した衝撃が襲いかかる。

しばし理解不能の現象に身を任せていると、いつの間にか彼女は冷たい地面に四肢《しし》を投げ出し、地下遺跡の天井を見上げていた。

(……倒れてる？　汚い地面に背中をつけて、私が倒れているの？)

頭がぐらつく。全身が軋むように痛む。どこにも力が入らず、立ち上がれる気がしなかった。

やがて一人の少女が彼女に歩《あゆ》み寄ってくる。

頭に胸糞悪《むなくそ》いスライムを乗せた、黒髪おさげの少女。

この不可解《ふかかい》な現象を引き起こした張本人が顔を覗き込んでいるというのに、ナナガは怒りを覚える余裕すらなかった。

今はただ、全身の痛みと疑問だけが、頭の中を埋《う》め尽くしている。

それは自然と、掠れた声によって口からこぼれた。

「あんた……何……を……」

ナナガの問いを受けて、クロリアははっきりと認識できないくらいのかすかな笑みを浮かべた。

それは悪戯に成功した子供が素直に喜べずに謝ってくるときのような、そんな曖昧な表情だった。

「すみません、嘘《うそ》なんです」

「……はっ？」

「ミュウは〝弱体化魔法〟なんて使えないんですよ」

明かされた真実に戸惑い、ナナガは放心した。

そんな彼女の心情にはお構いなしに、クロリアは続ける。

「ミュウが使ったのは、身体強化魔法の【クイックネス】です。素早さが低下するのではなく、上昇する魔法なんですよ」

そうネタばらしを受けたナナガだが、その意味を理解するのに時間が掛かってしまった。

やがて、彼女ははっとなって気が付く。

先ほど【スローネス】と言ってラージャンスネークに掛けた弱体化魔法は、実際は素早さが上昇する【クイックネス】だった。

つまり、ラージャンスネークは鈍足《どんそく》化していると思って全力で飛び出したものの、逆に俊足《しゅんそく》化していて、勢い余って壁に激突したのだ。

正確に言うなら、主人である自分がそれに気づかず、全力で飛び出すように指示を出したのだ。

それなら、自分がこうして倒れている事実にも説明がつく。

しかし、ナナガにはまだ理解できない部分があった。

【クイックネス】一回だけで、制御不能になるほど驚異的《きょういてき》な勢いがつくものだろうか。

ふと先刻の光景を思い出したナナガは、その不自然な点に気づき、脳天を貫かれるような衝撃に襲われる。

「あんた……まさか……」

「……なんですか？」

「ゆ、指の本数で……魔法の指示を……」

「ほぉ、そこまでお気づきになるとは……」

わざとらしく驚いたクロリアは、武器を持つ右手とは反対の左手を掲げてみせる。

そして人差し指、中指、親指の三本を立てて、こちらを指し示してきた。

「お察しのとおり、これは魔法を使う回数の指示ですよ。指が三本立っていたら三回、二本なら二回と、重ね掛けの指示を出しているんです」

「じゃあ……最初の筋力強化も……」

「はい。【ブレイブハート】も三回、あなたの従魔に掛けた【クイックネス】も、補助魔法の重ね掛け限度の三回、掛けさせていただきました」

「……」

これが、違和感の正体だったんだ。

重さ重視の武器に、三回もの補助魔法のおかげで、彼女は地下遺跡の地面を容易く抉るほどの攻撃力を手に入れた。

そしてラージャンスネークが、異常な速度で壁に激突したのも、補助魔法の重ね掛けによる結果だったのだ。

「このサイン、相手に気づかれにくいですし、指示の短縮《たんしゅく》もできるのでとても便利なんです。最近、ようやくできるようになりました。魔法もなかなか奥が深いです」

嬉しそうにそう語る少女を見て、ナナガは言葉を失った。

所詮《しょせん》は補助系モンスターとそのテイマー。戦闘に関して素人なのは一目瞭然《いちもくりょうぜん》。

しかしクロリアは、戦闘経験の少なさを補《おぎな》って余りある〝考える力〟を持っていた。

その大切さを誰よりも深く知っている。

誰かに教わったわけではない。

他の人——仲間の背中を見て学んだ。

そんな彼女が考えた作戦に、まんまとハマってしまったナナガは、これ以上ないくらいに歯を食いしばる。

「く……そがぁ……」

対してクロリアは、怒りの表情を向けるナナガに、真剣な眼差しを返した。

「ミュウをバカにした罰、そして大切な仲間を侮辱したお仕置きです！　私のスライムは世界で一番可愛くて、強いスライムなんですから！」

クロリアは胸に手を当てて目を閉じる。

「そしてルゥ君は、世界で一番優しくて……」

そこまで聞いたところで、ナナガは限界に達した。

心なしか頬を赤らめた少女が、何かを口にしている光景を最後に、ナナガは目を閉じた。

4

木剣を片手に相棒のライムと走り出し、僕は目前の敵を倒すべく力を込めた。
赤紫色のロングヘア、蛇のように鋭い同色の目、所々に金の装飾が施《ほどこ》された長い黒衣。
あの女性はどうやらモンスタークライムの一員らしい。
となれば、絶対に負けるわけにはいかない。
前回僕たちはそいつらに勝てなかった。
だから僕は、相棒とパーティーメンバーに強くなると誓《ちか》ったのだ。
誰にも負けないくらい強く、みんなのことを守れるくらい強くなるって。
だから僕は、この人に勝つ。
木剣を振りかぶり、地下遺跡の通路を一直線に進んでいく。
身構えもせず、余裕綽々《よゆうしゃくしゃく》で佇む女性に、攻撃の意思を向けた。
「気を付けて！」
「――ッ⁉」
刹那、ロメの叫びが聞こえた。

思わず足を止めた僕は、前方から言い知れぬ威圧感を覚えて咄嗟に左横へ飛ぶ。

その瞬間、体のすぐそばを見えない何かが通過し、かすかな風が頬を撫でた。

今のは、いったい……

着地した僕は、ゾッと背筋を凍らせた。

「へぇ、私の攻撃を避けるなんて、なかなかやるじゃない」

黒衣の女は感心するように手を叩いていた。

今のが攻撃？　まったく見えなかった。

ロメの声を聞いて、反射的にその場から離れただけなので、意識的に回避したわけではない。

でも確かに、僕の右側を何かが通った。

今のはいったい、どういう攻撃なんだ？

額に冷や汗がにじんでくる。

僕と同じく立ち止まったライムも、何が起きたのかさっぱり分かっていない様子だ。

警戒しながら黒衣の女を見ると、奴の口元がわずかに歪んだ気がした。

その表情に危険なものを感じ、僕はすぐさまライムを抱き上げてその場を飛び退く。

「ライムッ！」

「キュ……！」

その瞬間、先刻までライムがいた場所に、ドンッ！　と何かが打ち込まれた。

不可視のそれはそこそこの威力があるようで、地下遺跡の石畳を軽く抉っていた。

相棒と共にその光景に見入《みい》っていたのも束の間、再び例の感覚に襲われる。

――このまま突っ立ってたら、やばい！

そう直感し、僕はすぐに走り出す。

案の定、背中を掠めるように不可視の攻撃が襲ってくる。

一発、二発、三発と、わずかな間を置いて立て続けに何かが飛んできた。

「やるじゃない！　こんなに避ける相手は初めてよ！」

ライムを抱えながら闇雲に走り回っている僕を見て、敵は楽しげな声を上げる。

奴は相変わらず身構えもせず、気の抜けた様子で佇んでいる。それでも、攻撃は確かにこちらに飛んできていた。

勘だけを頼りに逃げ回るのはさすがに無理があり、時々背中や腕を何かが掠めていく。

「くっ――！」

やっぱり見えない。

煙や光で視界を制限されているわけではない。僕の視界はクリアなのに、攻撃そのものが視認《しにん》不可能なのだ。

これじゃあどんな攻撃か、正体がまったく掴めない。

このままじゃ……

それでも僕は動きを読まれないようにがむしゃらに走り回って、なんとか致命傷だけは回避していく。

ほとんど運任せな回避行動。

しかしそれもそう長くは続かない。というか、もうすでに限界に近い。

いつ不可視の攻撃を受けてもおかしくないという恐怖によって、冷や汗が止めどなくあふれてくる。

逃げているだけじゃダメだ。

考えて、分析して、勝利への糸口を掴む。

そのためにはまず、敵の様子を観察する。

女は右手に黒い鞭を持っているが、それを使っている様子は一切ない。

何もしていないのに攻撃は継続《けいぞく》しているということは、無動作で放てる攻撃なのだろうか？

しかし、僕はこの考えを即座に否定する。

先ほど、【威嚇《ハウル》】によって敵の動きを止めてロメとの間に割り込んだとき、奴はこの不思議な力を使わずに素直に後ろへと逃げた。

動かずにノーモーションで放てる技なら、硬直中でも撃てたのでは？

僕たちも攻撃に夢中で完全に油断していて、反撃には絶好の瞬間だったはずだ。

なのに奴がそうしなかった理由は、できなかったから。

いや、彼女がではない。

他の誰かが、だ。

彼女は動かずに攻撃を放っているのではなく、第三者の手を借りているから動く必要がないのだとしたら……

この攻撃は、見えない誰かの手によるもの。

その第三者が【威嚇《ハウル》】を聞き、彼女と同じように硬直してしまったため、攻撃ができなかった。それなら、あのときの状況にも説明がつく。

ならその者は、いったいどこにいるというのか。

おそらく、この近くに潜んでいる。

姿が見えないことから、なんらかのスキルで体を見えなくしているモンスター――十《じゅっ》中八九《ちゅうはっく》、奴の従魔と見て間違いない。

それなら最初から従魔の姿がない説明にもなるし、奴が余裕を見せているのも頷ける。

不可視の攻撃は、姿を消すことが可能な奴の従魔の仕業《しわざ》だ。

さらに分かることは、この攻撃はなんらかのスキルや魔法ではなく、従魔の肉体操作によるもの。

奴がこっそり命令している様子もないし、従魔は主人の声なしに魔法やスキルを使うことはできないから、肉体による直接攻撃だと思う。

なら、そいつの居場所を特定するには……

そこまで考えた僕は、不意に逃げる足を止めて、黒衣の女の方を向いた。

さっきまでの何発かの攻撃で、大体の方向は掴めている。

そして僕は腕に抱えたライムを横へ放り、盾代わりに右手の木剣を構え、切っ先を左手で支えた。

痛みを覚悟し、歯を食いしばる。

今までなんとか回避してきた不可視の攻撃を、今度は……避けなかった。

腕や背中に掠った感覚からすると、斬撃《ざんげき》の類ではないはず。

次の瞬間、木剣の刀身に強い衝撃を受けた。

「ぐっ――！」

凄まじい威力に吹き飛ばされそうになり、足を踏ん張ってなんとか堪える。

しかし、不可視の攻撃はあっけなく木剣を粉砕し、僕の腹部を直撃した。

「ぐっ――！」

木剣に当たって威力は殺せていたようだが、呻き声が漏れる。

激痛で意識が霞んで倒れそうだ。

それでも僕は、腹部に打ち付けられた見えないそれを両手で懸命に掴むと、喉の奥から声を絞り出した。

——捕まえた！

「ライ……ムッ！」

「キュルル！」

相棒は僕の声に応えて素早く地面から跳び上がる。

僕の前方の空間に渾身《こんしん》の体当たりをかますと、見えないそれはすかさず引っ込んでいった。

女の方から、獣じみた呻きがかすかに聞こえる。

ダメージを負った僕は、ふらつきながらも奴に視線を向けた。

「……やっぱり、そうだ」

「……何がよ？」

黒衣の女は、絶えず浮かべていた笑みを消し、少しだけ警戒を強めながら首を傾げた。

ようやく答えを見つけた僕は、少しばかり嬉しさをにじませて語りはじめた。

「初めは、目に見えない空気の塊《かたまり》か何かを射出して攻撃しているのかと思ったけど、本当はそうじゃない」

敵はわずかに目を細める。

そして僕は、折れて刀身が半分になった木剣で奴を——奴の後方を指し示し、続けた。

「いるんだろ……あんたの後ろに」

「……」

……何が？　という問いは、当然返ってこない。

僕は半壊した木剣を鞘に仕舞いながら、ダメ押しとばかりに続けた。

「スキルの効果で姿を消して攻撃を仕掛ける。あれだけ走り回ったのにぶつからなかったから、多分遠距離攻撃。手や脚、あるいは他の体の一部を伸ばして攻撃しているんだと思うけど……触った感じは、舌かな？　それが、この不可視の攻撃の正体だ」

先ほど掴んだときに感じた、ざらついた手触《てざわ》りとわずかに濡れた感触《かんしょく》からそう判断した。

奴は特に悔しがるでもなく、じっとこちらを見据えている。

地下遺跡はしばしの静寂に満たされた。

難しい問題だったけれど、身を削って答えを導き出した。

まだあくまで想像の域は出ないものの、完全に的外《まとはず》れだとは思えない。

やがて女はふっと頬を緩ませて、先刻と同じようにパチパチと手を叩いてみせた。

「ご名答。そのとおりよ、スライムテイマーの僕ちゃん」

そう言って、女がパチンと指を鳴らすと、彼女の後ろの景色が陽炎のように揺らいだ。

何もなかった空間が次第に薄紫色に変わっていく。

数秒も掛からずに女の後ろに姿を現したのは、紫色の鱗《うろこ》と大きな体が特徴の、不気味なトカゲだった。

僕とライムは目を見張る。

対して黒衣の女……改めトカゲ使いは、従魔の顎を愛《いと》おしそうに撫でながら言った。

「可愛いでしょう？　爬虫種のヴァニッシュリザード。私の従魔なの。お察しのとおり、この子には姿を透明化《とうめいか》させる特殊なスキル――【透皮観念《ギブ・アンド・ハイド》】があるわ。よく見破ったわね」

褒められはしたものの、僕は警戒を緩めることなく睨みつける。

後方で倒れているロメも、僕と同じように険しい表情をしていた。

きっと彼女もあのモンスターにやられたんだ。

前に視線を戻すと同時に、黒衣の女は続ける。

「攻撃方法までぴたりと的中させたのはあなたが初めてよ。ヴァニッシュリザードは長い舌を伸ばして遠くにいる敵を殴打《おうだ》する。透明化スキルの最中でも遠距離攻撃ができるの」

あの距離からここまで届くとは、なかなかに恐ろしい。

よく見ると、舌の先端部分は丸みを帯びていて、肉厚な打撃武器のようになっている。

あのトカゲモンスターが備えている体の特徴だろう。

とにかく、これで攻撃の正体は掴めた。

しかし、奴が得意げに種明かしをしたのがどうにも気に入らない。

「ペラペラとそんなに喋ってもいいのか。自分から従魔の優位点を放棄《ほうき》するようなものだぞ」

こっちは体を張って答えを導き出したのに、奴は余裕の態度を崩さずに従魔の姿を見せ、手の内を明かしてきた。

トカゲ使いの女はなんでもないように肩をすくめる。

「別にいいわよ。もうあなたにぴったり言い当てられたんだし。それに、分かったところで、どうせあなたにはどうすることもできないのだから」

その言葉に、僕はますますむっと来て言い返す。

「確かに、従魔が見えないのは厄介だけど、やりようならいくらでもある。肝心《かんじん》の主人であるあんたが見えているんだから、直接攻撃すればそれで済む話だ」

ネタが分かっても透明化のスキルは厄介である。

しかし、従魔を操っている主人が丸見えでは不完全。狙ってくれと言っているようなものではないか。

僕の指摘などお見通しとばかりに、奴はぞっとする微笑を浮かべた。

「甘いわね、スライムテイマー」

「……？」

奴は従魔の耳に顔を近づけると、内緒話をするように小さく口を動かす。

不思議とそれは、こちらにもはっきりと聞こえてきた。

「【透皮観念《ギブ・アンド・ハイド》】」

すると大トカゲの体が、ゆっくりと透《す》けていった。

陽炎のように揺らぎながら、次第に向こうの景色を透過《とうか》していくその姿に、思わず息を呑む。

これが透明化スキル。

存在そのものが消えたり、どこかに瞬間移動したりするのではなく、確かにトカゲの体が周りの景色に馴染むように透明になっているのだ。

僕が驚いているわずかな間に、トカゲの姿は完全に消えてしまう。

再び一人だけになった黒衣の女は、次いでまだそこにいるであろう従魔の背に乗って横向きに座った。

トカゲが透明化しているため、まるで宙に浮いているようにも見える。

でもあれじゃあトカゲの位置もバレバレだし、いったい何がしたいんだ？

疑問に思っていると、奴は挑発的な仕草で脚を組み、横目でこちらを窺いながらさらに一言唱《とな》えた。

「【共同隠蔽《ギブ・アンド・テイク》】」

瞬間、トカゲの体と同じように、奴の姿までもうっすらと透けていった。

目の錯覚《さっかく》かと思って何度か瞬きしてもそれは変わらない。

そんなことをやっているうちに、トカゲ共々、僕たちの前から敵の姿がすっかりなくなった。

「どう？　これで私を攻撃することもできないでしょう？」

前方から女の声が聞こえてきた。

従魔だけではなく、主人も透明化させるスキルがあるとは。

これでテイマーを直接攻撃するという方法がとれなくなった。

奴が余裕を崩さなかった理由はこれだ。

非常に厄介な状況に焦りを覚えた僕の耳に、声だけが聞こえてくる。

「じゃあ、バトル再開でいいわね？　遠慮なく行かせてもらうわよ」

そう言ったきり、地下遺跡の中はしんと静まり返る。

戦いが再開されたとは、とても思えない状況だった。

僕は額に汗をにじませて、油断なく周囲に視線を巡らせる。

おそらく奴らはもう、あそこにはいない。こちらの攻撃を避けるためにも一度移動して姿をくらますだろう。

でも、足音はまったく聞こえなかった。

スキルではなく、あのトカゲが本来持っている特徴なのかもしれない。

今目の前に奴らがいるのかもしれないと思うと、嫌な汗はますますあふれてきて、僕の頬を伝う。

相棒のライムと共に身構えて待つが、しばらくしても攻撃が来ることはなかった。

長時間の緊張を強いて、こちらの神経を削る作戦か。それとも、不用意に動いたところを狙うつもりか。

極度《きょくど》の緊張で心臓が痛くなる。

そんな中、後方から視線を感じた気がした。

振り返ると、倒れた少女――ロメの姿が視界に入る。

そこで僕は、ハッとなって彼女のもとに全力で駆け寄った。

「ロメ！」

「えっ……」

突然のことに、銀髪の少女は目を丸くする。

相棒のライムも僕の行動の意図が分からず、その場で見守っていた。

深い理由はない。でも、今この状況で狙われて一番まずいのは誰か。

それは当然、傷つき、地面に倒れているロメだ。

トカゲの持つ透明化のスキルが、主人以外にも適用されるのだとしたら、ロメを捕まえて透明化できるってことだ。

そうなればもう彼女を見つけるのは不可能。みすみす敵に連れ去られてしまう。

倒れるロメを抱きかかえて、僕は後ろに飛ぶ。

ほぼ同時に、不可視の何かが正面を横切る風を感じた。

高速の舌攻撃によって地下遺跡の石畳に降り積もった細かい土埃《つちぼこり》が目に入り、僕は堪らず瞼《まぶた》を閉じた。

どうせ見えないんだから、目を開けていようがいまいが関係ない。

「――!?」

……いや、違う。

これは……これなら！

そんな僕の思考に割り込んで、どこからともなく黒衣の女の声が聞こえてくる。

「あらあら残念。悪人らしく〝人質《ひとじち》〟を取って遊んであげようと思ったのに」

こいつはどこまで非道で残酷《ざんこく》なのか。呆れと怒りを同時に感じる。

奴らの姿を探し、視線を泳がせる中、再び嘲笑まじりの声が響く。

「それにしても、あなたも災難よねぇ。呪われたおチビさんの逃走劇に巻き込まれて、命を落とすことになるのだから」

「……」

地面に下ろしたロメは、申し訳なさそうに僕から目を逸らした。

「そんなお荷物がいて大変ね、スライムテイマーの僕ちゃん」

あの女はもう勝った気でいるらしい。

僕は人知れず、奥歯を強く噛みしめる。

ロメを庇うように彼女の眼前で立ち上がると、どこにいるとも知れない敵に向けて声を掛けた。

「もう、喋らなくていい」

「はっ？」

「お前がムカつく奴だってことは充分わかったから、もう喋らなくていい」

やっぱりモンスタークライムの連中は、一番気に食わないタイプの奴らだ。

だからこそ、すでに二度も敵対しているのだろう。これからもきっとそういう場面はあると思う。

その度に僕は、こんな風に怒って、奴らと戦うのかもしれない。

普段、他人に怒りをぶつけることもできない意気地《いくじ》なしの僕でも、こいつらを前にすると自然と怒りが湧いてくる。

僕は現状の煩《わずら》わしさと敵に対する怒りから、心の片隅にあった遠慮をすべて排除した。

姿の見えない敵に向けて、精一杯の気迫《きはく》を込めた叫びを上げる。

「全力でお前を、叩き潰す！」

――もう、まどろっこしいのはやめだ。

――全部まとめて〝ぶっ壊して〟やる。

同じ気持ちを抱いた相棒が、合わせて気合の入った鳴き声を響かせた。

＊＊＊＊＊＊

（全力で叩き潰す、ですって？）

地下遺跡の広大な通路の端で、従魔の背に跨ったラミア・ロボロは首を傾げた。

少し離れたところにいるスライムテイマーの少年とその従魔を見つめて、訝しむ。

彼らにいったい、何ができるというのか。

この状態に持ち込まれてなお、威勢を張れる自信はどこから来ている？

そう疑問に思う彼女たちの前で、少年はさらに驚きの行動に出た。

懐から何かを取り出し、従魔の口まで持っていく。

するとスライムはあろうことか、差し出されたそれを嬉しそうに食べはじめたのだ。

（戦闘中に食事⁉　いや、薬草か何かかもしれない）

おそらくここに来るまでに、遺跡のモンスターと何度か戦闘しているはず。

そのときに消耗した体力を回復させるために、薬草の類を食べさせたということか。

それにしても、あれほどの啖呵《たんか》を切った後に慌てて回復とは、なんとも間が抜けている。

ラミアは心中でそう嘲笑う。

すると少年は腕のステータスを確認して満足げに頷き、スライムに命令を発した。

「ライム、【分裂】だ」

「キュルキュル」

少年が手を差し伸べると、スライムはそれに応えてぷるぷると丸い体を震わせた。

次の瞬間、地面に落ちた雫が二つに割れるように、スライムの体が分裂する。

スライムのお馴染みのスキル【分裂】。

かすり傷一つでも受ければ弾ける、出来損《できそこ》ないの分身だ。

分裂体は器用に少年の手に乗ると、眼下からにこりと微笑みかける。

それに軽く笑みを返したスライムテイマーは、本体に続けて分裂体にも命令を出した。

「分裂ライム、【膨張《ぼうちょう》】だ」

「キュルルゥ」

手に乗った分身スライムは、嬉しそうに笑って体を縦《たて》に揺らして、地下遺跡の埃っぽい空気を美味しそうに吸い込みはじめる。

すると、その体が風船のようにみるみる膨らんでいった。

（スライムと、まだ垢抜《あかぬ》けないテイマーの少年。この組み合わせ、やっぱりどこかで……）

さっきも同じような違和感を覚えた。

【分裂】と【膨張】を併用するだけでなく、さっきは【威嚇《ハウル》】で奇襲《きしゅう》をかけてきた。

（まさかこの子が、ビィを倒したっていうスライムテイマー？）

話にしか聞いていないが、『虫群の翅音《インセクターズ》』のビィを倒したのは、一人の少年と従魔のスライムだったという。

奇怪なことに、その戦い方はスライム種以外のスキルを巧《たく》みに使うものだったらしいのだ。

取るに足らない情報だと軽視していたが、目の前の少年とスライムは、その情報の人物と酷似《こくじ》している。

それに、彼女たちモンスタークライムのこともずいぶん知っているらしかった。

もし、そうだとしたら……

（このスライムテイマーが、今何をしようとしているのか、手に取るように分かる）

ラミアは透明化している中、ニヤリと唇を歪ませた。

どんな攻撃を仕掛けてくるつもりなのか、他にどんなスキルを持っているのか、彼女には〝情報〟がある。

だからラミアは、自分から先に仕掛けることに決めた。

狙うなら、あの〝膨らむ分裂体〟だ。

スライムが【分裂】を使ってから、まだ数秒。

一瞬の思考の末、ラミアは戦いの方針を固めた。

通路の脇道にある柱の裏から、少年とスライムの様子を窺い、タイミングを計る。

従魔のヴァニッシュリザードの背を小さく叩くと、口先から長い舌が射出された。

透明化スキルの共有中は、ラミアにも従魔の姿がはっきりと見えているので、少年のもとに舌が伸びていくのが確認できる。

舌先は凄まじい速度で少年の間近まで飛ぶ。

そこで、彼は視線を動かした。

「ライム、【限界突破】《リミットブレイク》！」

「キュルル！」

スライムに命じると同時に、彼は分裂体を持っていない右手の指で、舌の先端を指し示す。

瞬間、燃えるように赤く染まったスライムが、主人の足元から跳び上がり、的確に舌を弾いてみせた。

かすかな呻きと共に、ヴァニッシュリザードはすかさず舌を巻き戻す。

（攻撃がバレた⁉　いったいどうして？）

ラミアは声に出さず驚愕する。

透明化のスキルはまだ解けていない。

【共同隠蔽《ギブ・アンド・テイク》】のスキルはともかく、【透皮観念《ギブ・アンド・ハイド》】はヴァニッシュリザードが深手《ふかで》を負わないかぎり、決して解けない。

だから相手には、ヴァニッシュリザードの姿がこれっぽっちも見えていないはずだ。

（まぐれ、かしらね？）

爬虫種のモンスターもかくやというほどの鋭い目つきで、ラミアはルゥたちを見据える。

それにしても、あのスライムはまた別のスキルを使用してきた。【限界突破《リミットブレイク》】は彼女が組織から得ていた情報どおりだ。

やはり、彼らがビィを倒したスライムテイマーと見て間違いない。

（ビィの仇討《かたきう》ちってわけじゃないけど、こいつらに負けるわけにはいかないわね）

ビィとはほぼ互角《ごかく》だったらしいが、あの男はラミアよりはるかに格下のテイマーだ。

ならば実力は少年よりも彼女の方が上。

勝利を確信したラミアは、再び移動を開始した。

いまだに身構えたまま動かないスライムテイマーと、体を赤く染めたスライム。

二人の前を横切り、反対側の柱にたどり着く。

そして今度こそ攻撃を当てるべく、先ほどとは逆方向から舌を伸ばした。

「ライム！」

「キュルッ！」

だが、またしても少年は的確に指を差す。

足元にいるスライムは指示どおりに跳ねて、少年に向かっていた攻撃を下から打ち上げ、弾いてみせた。

（またっ⁉　さすがに、これは〝まぐれ〟では片付けられない）

二度攻撃を防がれたラミアは、先刻以上の驚きと混乱に襲われる。

あのスライムテイマーは、どうやって攻撃の方向と位置を特定しているのか。

人知れず爪を噛みながら考えていると、不意にラミアは視界にうっすらと霞《かすみ》がかかっているのに気づき、目を細めた。

（……埃。本当、鬱陶《うっとう》しい）

顔の周囲の埃を片手で払いながらラミアは顔をしかめる。

しかし、そこで閃《ひらめ》くものがあった。

（……なるほど。長いこと人が立ち入っていなかった地下遺跡で、ここまで激しく暴れまわったら、埃が舞うのは当然のこと。あの坊やは、ヴァニッシュリザードの攻撃が通過した場所の微妙な埃の変化を見て、軌道を予測してしまっているのかも）

これがあるせいで、透明の攻撃を悟られてしまっているのだ。

しかしそれを差し引いても、あの少年はなかなか良い目をしている。

人間離れした動体視力と反射神経。周囲の些細な変化を逃さず捉える観察力。

過剰《かじょう》とも思えるほどの防衛本能だ。

(――もしくは、恐ろしく勘が良い、とかね)

どちらにしても、あのスライムテイマーとこの場所は、彼女にとって最悪の組み合わせだ。

(思ったより厄介なことになってきた。早く終わらせて、あの呪われたおチビさんを連れ去りたいところだけど……どうしたものか)

遠距離からの攻撃は見切られる。かといって、不用意に近づくと気取《けど》られそうだ。

本来、彼女の得意とする戦法は一対一の状況には向いていない。

妹のナナガが派手《はで》な技で敵の注意を引きつけている間に、こっそり後ろから接近して毒牙を食らわせる――それが彼女たちの通常の流れなのだ。

それに、ヴァニッシュリザードは汎用《はんよう》型のモンスターで、身体能力的には戦闘に特化したものには敵わない。

だが、相手は所詮スライム。

せいぜいビィと互角程度だったスライムテイマーごときに、手こずらされている。

その事実を意識すると、無性に腹が立った。

(あぁ、もう！　めんどくさい！)

妹に比べて戦略的な戦いが得意なラミアだが、キレやすい性格は姉妹共通だ。

相手が一気に片をつけるつもりなら、こちらも全力で叩き潰すまで。

透明化したまま不気味に微笑んだラミアは、従魔の耳に顔を寄せて囁く。

「(ヴァニッシュリザード、【縦横無舌《フリックチャッター》】)」

ルゥたちには聞こえない小さな声に反応し、ヴァニッシュリザードは頷く。

これは舌を柔軟《じゅうなん》にして、意思を持つ蛇のように四方八方から攻撃できるスキルだ。

先ほどからの直線的な攻撃で読まれてしまうなら、相手の防御を掻《か》い潜る必要がある。

相手が再び攻撃を弾こうとした瞬間、舌を横に曲げて、直接主人を狙う。

膨らませている分身スライムを標的にしても良い。それだけで奴らの戦闘力を削《そ》ぐこともできる。

いずれにせよ、一撃で決めてみせる!

攻撃の意思を抱くと同時に、ヴァニッシュリザードがスキルを発動した。

口から長い舌を吐き出し、身構えるスライムテイマーに向けて伸ばしていく。

再びその気配を察知したのか、少年はすかさず迫る舌先を指差した。

「ライムッ!」

「キュル!」

しかしその瞬間、ヴァニッシュリザードの透明な舌は柔軟に右へと折れ曲がり、スライムの体当たりは空振《からぶ》りに終わった。

――もらった！

スライムの盾がなくなった少年に、回り込んだトカゲの舌が弧《こ》を描いて襲い掛かる。

「せ……やぁ！」

刹那、少年は地面を蹴り、鮮やかな体捌《たいさば》きで回避してみせた。

（まさか、スライムの体当たりが不発だったのを見て、即座に反応したとでも言うの⁉）

超人的な動体視力……いや、危機回避能力だ。

呆然とするラミアを横目に、少年は次の行動に移る。

すぐ真横を舌が通過していることを理解した彼は、それをがしっと片腕で抱え込むように掴んだ。

そしてすかさず従魔に声を掛ける。

「ライム、これを後ろに引っ張れ！」

「キュ……キュルル！」

スライムも主人の意図を悟ったのか、素早く透明な舌を口にくわえて、全力で後ろに引っ張る。

さきほど体当たりを空振りさせられた礼とばかりに力を込めるスライム。

ヴァニッシュリザードはその力を受けて、逆に引き寄せられてしまった。

倒れる寸前でなんとか踏ん張りを利かせて、赤いスライムとの綱引《つなひ》き状態になる。

（くそっ！　しくじった！）

ラミアは歯噛みする。

――相手の力量を測《はか》り間違えた。まさかとっておきのスキルを躱しただけでなく、瞬時に反撃に転じてくるなんて。

それにスライムの方も、【限界突破《リミットブレイク》】を使っているとはいえ、【分裂】後の弱体化している状態でBランクモンスターのヴァニッシュリザードに力で張り合うとは、驚異的だ。

（こいつら、危険だ。組織のためにも、今ここで排除《はいじょ》しておかないと）

危機感を募らせるラミアの耳に、少年の声が届く。

「ライム、もう充分だ」

「……!?」

少年が左手に持っているものを改めて視認し、ラミアは大きく目を見開いた。

そこにいたのは、巨大モンスターにも引けを取らないほど膨らんだスライム。

スライムとの綱引きで動きを封じられている間に成長した、超特大の〝爆弾〟だ。

（まずい。あの大きさで例の〝爆弾スキル〟をやられたら、さすがの私たちもひとたまりもない）

おまけに今は、逃げようにもヴァニッシュリザードの舌を掴まれているし、居場所もある程度把握されている。

そんな絶体絶命のピンチに、ラミアもルゥに負けじと頭を働かせた。

（もし〝爆発スキル〟を使うのであれば、絶対に自分の手元では爆発させない。必ずこちらに向けて投げてくるはず。あいつの手から離れた瞬間から、私たちのもとに到達するまでの間。そこで分裂スライムを破壊してみせる）

ラミアはすでに、ビィに手傷を負わせたその技について知っている。だからこそ、対処方法も素早く頭に浮かんできたのだ。

スライムの分裂体は、かすり傷一つでもつければ水になって消える。

少年が起爆《きばく》するよりも早く一撃を入れられれば――

懐には自前の鞭がある。

来るなら来い。そう身構えるラミアの前で、スライムテイマーの少年は左腕を引き――

「い……けえええええええ！」

盛大《せいだい》な掛け声と共に、膨張スライムを放り投げた。

ここまではラミアの予想どおり。

彼女はすかさず鞭に手を伸ばした。

だが……

分裂スライムの軌道はラミアの予想をはるかに超えて、地下遺跡の天井すれすれまで高々と放物線を描いている。

ここぞという場面で力《りき》み過ぎたのだろうか。

なんにしても、ラミアにとっては好都合だ。

これなら余裕を持って、あの巨大爆弾をはたき落とせる。

ふわりと漂うように上空を飛ぶ分裂スライム目掛けて、ラミアは鋭い鞭の一撃を放つ。

――勝ったっ！

その瞬間……

「分裂ライムッ――――！」

少年が叫んだ。

従魔に主の声《オーダー》を掛ける直前の前振り。

ラミアがカウンターを狙っていることを悟ったのか、まだ高い位置にいる分裂スライムに起爆を命じることにしたようだ。

しかし、あんな高度で爆発させて、どれほどの威力になるというのか。

ラミアには少年が発するだろう次の主の声《オーダー》が完璧に読めていた。頭上で無意味な爆発を起こす巨大スライムの姿すら思い描ける。

しかし……

その予想とはまるで違う主の声《オーダー》が、少年の口から発せられた。

「【超重硬化《ヘビーオブジェクト》】！」

「キュル……ルゥゥゥゥゥ！」

実際に彼女の目に映っていたのは……

まるで石のように灰色になった膨張スライム。

気づいたらそれは、すぐ間近に迫っていた。

彼女が振るった鞭は、その硬い表面に弾かれている。

とんでもなく硬い体と予想外の急速落下。

この地下遺跡にいた石の甲冑騎士――リメインナイトが持っていたスキル、【超重硬化《ヘビーオブジェクト》】の効果だ。

瞬時に体を硬化《こうか》させ、同時に重量を増すスキル。

――色々なモンスターのスキルを使えるスライムだとは思っていたが、まさかリメインナイトのスキルまで持っていたなんて。

驚愕に目を見開くラミアに、超重量の硬質な巨大スライムが降った。

5

分裂ライムの落下の余波で土煙が激しく舞う中。

僕とライムはその中心部を見つめて立ち尽くしていた。

周辺では石柱が倒れ、床も広範囲にひび割れている。

まるで巨大なモンスターが乱暴に踏み荒らしたような光景を前に、僕は人知れず驚嘆《きょうたん》した。

予想以上の威力だったな、【超重硬化《ヘビーオブジェクト》】。

この地下遺跡のモンスターが持っていたスキルで、ここに来るまでにその魔石を一つ手に入れていたのだ。

直感でライムの持つ【膨張】スキルと相性が良いと分かり、戦闘の直前で覚えさせてみたが、まさかここまでの威力が出るとは。

膨張爆弾でもよかったが、地下遺跡ではこちらが爆発の余波を受ける可能性もあった。

それに向こうもカウンターを狙っているようだったし、これで大正解だったな。

「……これで倒せてたらいいんだけど」

僕は土煙を前にそう呟く。

これ以上の戦闘は望むところではない。

そんな思いで見つめていると、突如《とつじょ》として怪しげな紫の煙が立ち上ってきた。

「な、なんだこれ？」

「キュ、キュルルゥ」

発生源はおそらく土煙の中心地。

見るからに自然のものではないし、何者かが放ったスキルにも思える。

もしや奴が……？　と訝しむが、こんな毒っぽいスキルは使っていなかったし。

ならば別の人物だろうか？

どちらにしても今は何も手が出せる状態ではないので、僕はライムと共に慌てて後退する。

なんとなくとしか言えないけど、この煙を吸うのはとても危険な気がする。

僕とライムはダメージを負い、体力も少なくなっている以上、得体の知れないものに触れるのは得策《とくさく》ではない。

そんな思いで紫の煙を見つめていると、次第にそれは土煙と共に薄れていった。

晴れた景色の向こう側には……誰の姿も残っていなかった。

あの女を倒すことはできたのか、それともこの煙に紛れて逃げたのか。

おそらく後者じゃないかと思うけど、真相は分からない。

捕らえることができれば、モンスタークライムという組織についてもっと詳しい情報が得られたかもしれないが、それを望むのは贅沢というものだ。

僕は改めて振り返り、すぐそばで座り込んでいる少女に視線を向けた。

ロメを助けるという一番の目標は達成できたのだから、今回はそれで良しとしよう。

そう思って、ほっと安堵の息を漏らす。

ようやく戦いの緊張感が抜けると、途端に地下遺跡の静寂を意識してしまう。

いまだにこちらを不安げに見上げる少女を見ると、何を喋っていいのか分からない。

そもそも僕って、ロメに拒絶されたんじゃなかったっけ？

それなのに勝手に助けに来て、彼女からしたらいい迷惑だろうなぁ。

「え、えっと……」

どう声をかければいいか分からない僕は、気恥ずかしさから頭を掻こうと手を伸ばす。

しかし、頭の上にはライムが乗っていることを思い出し、すごすごと手を引っ込めた。

そういえば、ロメと初めて会ったときも、こんな感じで気まずかったんだっけな。

自己紹介は今さらな気がするし、何より、まだすべてが終わったわけではない。

はぐれたクロリアを探さないと。

ここはCランクエリア。無事に出るまで気は抜けない。

なんてあれこれ考えても、気の利いた台詞なんか思いつくはずもなく、僕はたどたどしくロメに声を掛けた。

「い、一緒に……帰ろっか」

「……」

我ながら、なんとも気の利かない台詞である。

僕の声を聞いたロメは、不安げな様子から一転して、申し訳なさそうに下を向いてしまった。

怒っているわけじゃないだろうけど、やっぱり迷惑だったかな。

不安に思っていると、ロメが視線を泳がせていることに気づいた。

やがてこちらと目を合わせて——やっぱりすぐに逸らしてしまう。

そして、わずかに頬を染め、か細い声でこう応えた。

「…………うん」

儚げで、今にも消えてしまいそうだった彼女の存在が、不思議と身近で可愛らしいものに変わった気がした。

＊＊＊＊＊＊

「えぇーと、こっちで合ってるのかなぁ？」

「……」

なんとなく沈黙が気まずくて、僕はあちこち視線を泳がせながら独《ひと》り言《ごと》をこぼす。

それに対する返事は、残念ながら何もなかった。

現在僕は、ロメを背負いながら地下遺跡をさまよい歩いている。

罠にだけは掛からないように、怪しげな場所を避けて上に続く階段を探しているのだが、これがなかなか見つからない。

一歩一歩慎重《しんちょう》に歩いているせいで時間が掛かるし、これは長くなりそうだ。

と心中でため息を吐いていると……

「ね、ねぇ……」

虫の翅音にも満たない声が耳元で聞こえた。

振り返り、僕は首を傾げる。

「んっ？　何？」

「私、自分で歩ける」

ロメは遠慮がちにそう言った。

それに対して僕は、半ば呆れ気味に言い返す。

「いや、歩けてなかったじゃん」

さっきも同じことを言われたけれど、戦いの疲れや極度の緊張に晒された影響か、ロメは自分の足で歩くのもままならない状態だった。

少し休めば問題ないのかもしれないが、罠の多い地下遺跡に長居するのは危険だし、一刻も早くクロリアと合流したい。

それで僕は彼女をおんぶして歩いているわけだ。

ロメは明らかに困惑していたけど、早くここから抜け出すべきだという考えには同意して、渋々《しぶしぶ》従ってくれた。

「遠慮しなくてもいいよ。僕は力持ちってわけじゃないけど、ロメは小さいし、全然大丈夫。それに森ではウルフの背に乗せて助けてもらったし」

そう言って、僕はちらりと横に視線を振る。

そこではライムが疲労で動けなくなったマッドウルフを頭に乗せて、器用にぴょんぴょんと跳ねていた。

ライムには苦労をかけるけど、僕はこの子にも恩があるから、一緒に地上に連れ帰ってあげたい。

確かロメがテイムしていたって話だが、今はその力を使っていないみたいだ。

それでも暴れ出したりしないのは、もしやロメと一緒にいる間に人間に慣れてきたからなのかな？

「……」

なんてことを考えていると、ロメはまた不満げに口を閉ざしてしまった。

きっと、僕に迷惑を掛けているとかなんとか、色々気にしているんだろうな。

まだ幼いけれど、ロメはそういうことを考えてしまう子なんだ。

だからこそ僕は、真剣な口調でロメに言った。

「ていうかさ、たぶん、そういうところじゃないかな」

「えっ？」

「なんでも自分一人で解決しようって考えてるから、色々すれ違っちゃうんだと思うよ」

僕はそんなこと人に言える立場じゃないけれど、だからこそロメの気持ちもよく分かるつもりだ。

「今までロメのことを助けようとしてくれた人たちだって、少なからずいたはずでしょ？　素直にその人たちに助けを求めてたら、ロメはもっと早く、この事件から抜け出せていたと思う」

「えっ……？　で、でも、そんなことしたら……！」

「うん、その人に迷惑を掛けることになるよね。ロメはそれを心配して、他の誰かに頼ろうとしなかったんでしょ。もちろんそれが間違っていたとは言わないよ。でも、絶対に正しいってわけでもない。それを迷惑だって思わない人も、中にはいるんだからさ」

「……」

「……って、僕も同じようなことを仲間に言ってもらって、ようやく気が付けたんだけど」

一人で抱え込もうとした結果、余計に多くの人に迷惑を掛けることになる場合だってある。

クロリアとパーティーを組むようになって、それを思い知らされた。

「これからは、助けが必要なときは、ちゃんと言ってね。少し頼りないかもしれないけど、ロメの代わりに戦うことや、小さな体をおぶうことくらい、僕は……いや、僕たちは全然、迷惑だって思わないからさ」

「……な、なんで？」

なんでそこまで、私に優しくできるの？

そう問いかけられているような気がして、僕は思わず、むむと考え込んでしまう。

彼女にきつく当たる連中に腹が立ったのは事実だけど、同情や憐れみで助けているわけじゃない。

もしかしたら、これは僕の自己満足なのかもしれない。

でも……

もっとロメと話をしたい。彼女のことを知りたい。彼女が悩んでいるなら助けになりたい。僕はそれを迷惑だなんて思わない。

そんな関係を、なんて言うのだろう……

照れくさいけれど、僕はそれを言葉にして伝えた。

「友達、だからだよ」

「……」

背中越しにだが、ロメが息を呑んだのが伝わってきた。

しばらく後ろから鼻をすする音が聞こえた後、ロメが涙声になって短く応えた。

「……うん」

彼女はその表情を見られたくないのか、僕の背に顔をうずめた。

心なしか背中が温かいのは、もしかしたら彼女の心を解きほぐすことができたおかげなのかもしれない。

「ありがとう……ルゥ、ライム」

「うん」

「キュルキュル」

そう言い合って顔を上げると、僕たちの前方に上階へと続く階段が見えた。

しばし階段を上る足音と、ロメがすすり泣く声だけが響き渡る。

僕は不思議とその時間を気まずいものだとは感じなかった。

むしろ、もうちょっとだけこのままでもいいとさえ思っている。

ロメを助けてあげられたのだと改めて自覚して、僕は誰に言うでもなく小さく呟いた。

「今度は、ちゃんと守れたよ」

「えっ……？」

思いがけずロメに聞き返されて恥ずかしくなり、軽くかぶりを振って誤魔化す。

「あっ、ううん。なんでもない」

ロメを背負いなおして階段を上り続けると、やがて出口らしいものが見えてきた。

そこから射《さ》し込む太陽の光が僕たちを明るく照らしてくれる。

ずいぶん長いこと地下にいた気がしたけど、まだ夜にはなっていなかったらしい。

「……あっ」

僕は出口に人影を発見して思わず声を上げた。

「お礼を言わなきゃいけない人たちが、もう一組いるかな」

そこにいたのは一人の少女と、彼女に抱えられたピンクのスライム。

クロリアとミュウ――僕の大切なパーティーメンバーだ。

先に出口を見つけた彼女は、僕らが戻ってくるのを、じっと待っていたらしい。

ところどころ服が破れていることから、何かしらの戦闘に巻き込まれていたのが分かる。

でも、大きな怪我はしていないし、しっかり自分で立っている。

無事な姿に安堵して、顔が綻ぶ。

クロリアは何も言わず、感極《かんきわ》まって僕たちに抱きついてきた。

エピローグ

無事に街へと帰ってきた僕たちは、冒険者ギルドに向けて歩を進めていた。

少し前までは人ごみや喧騒に良い思いはなかったが、今ではこの賑《にぎ》やかな様子が心地よくすら感じる。

不思議と安心するし、目に映る景色も色鮮《いろあざ》やかに見えた。

そんな中、ふとクロリアが僕の背中を見て小声で言った。

「寝ちゃいましたね」

見ると、いまだに背負ったままのロメが、目を閉じて可愛らしい寝息を立てていた。

相当疲れていたんだと思う。

きっと街に入るのも久しぶりだろうし、緊張感が解けて気が休まったのかもしれない。

そのことにますます安心していると、再びクロリアが僕を見て言った。

「ルゥ君も疲れてるんじゃないですか？」

「ううん、僕は全然大丈夫。ていうか、そっちこそ疲れてない？」

「いいえ、私も大丈夫ですよ。二人とも体力が付いてきたのかもしれませんね」

彼女は嬉しそうに笑う。

確かに二人ともたくましくなったように思う。

今回の戦いで自信がついたっていうのかな。

ロメを助けられたこともそうだけど、それ以外にも何か得たものがあるみたいだ。

そのことに人知れず頬を緩めていると、不意にクロリアが立ち止まった。

「それじゃあ、ルゥ君は先にギルドに行っててください」

「えっ？　なんで？」

「私とロメちゃんは、今からお風呂《ふろ》に行ってきますから」

「おふっ――!?」

と、過剰に反応してしまったせいで、クロリアから鋭い視線を受けることになった。

別に何も想像してないのに。

僕はごほんとわざとらしい咳払いをしてその場を誤魔化す。

彼女は僕にジト目を向けたまま続けた。

「私とルゥ君はまだいいですけど、さすがにロメちゃんをこんなに汚れたままでいさせるのはとても堪《た》えがたいです。ロメちゃんだって女の子ですから、きっと綺麗にしたいと思っているに決まってます」

「あぁ、うん、そうだね。その方がいいかも。じゃ、じゃあ、ロメのことをよろしくね」

「はい。きちんと洗っていますよ」

なんなら一緒に洗いっこまでして仲良くなってみせます――なんて意気込むクロリアの背中に、起こさないように慎重にロメを預ける。

彼女はそのままミュウも連れて、宿屋に行こうと踵《きびす》を返した。

本当にクロリアは変わった気がする。

人見知りの彼女の方から、積極的にロメと仲良くしようとするなんて。

なんだか嬉しくて、僕は思わず頬を緩めた。

そんなクロリアの背中を見て、僕はなんとなく声をかけた。

「クロリア」

「……？」

クロリアはきょとんと首を傾げてこちらを振り向くが、自分でもなぜ呼び止めたのかはよく分からず、続きが出てこない。

でも、何か言わなきゃいけないような気がした。

だから僕は今の気持ちを言い表せる言葉を、クロリアに送った。

「ありがとう」

「……」

たった一言のお礼に、いったいどれほどの意味が込められているのかを説明するのは難しい。

ロメの面倒を見てくれたのはもちろん、ここまでパーティーを組んでくれたことや、色々と助けてくれたことすべてに対して、ありがとうと言いたかった。

そして何より、これからもよろしくお願いしますと。

まさか今の一言だけで伝わるはずはないよな、と僕は苦笑する。

それでも、クロリアは満面の笑みで応えてくれた。

――全部分かっていますよ、とでも言うように。

「はい！」

彼女の優しい声が僕の胸を打つ。

クロリアとミュウと一緒にいられて良かったと、改めてそう思えた。

＊＊＊＊＊＊＊

冒険者ギルドの受付カウンター前にある待合席のソファに腰掛けた僕は、対面に座る赤髪のお姉さんと目を合わせていた。

クールな瞳に見つめられながら、今回のことについての話を終えると、僕は卓上のお茶に手を伸ばす。

同じタイミングで彼女もお茶を啜《すす》り、ほっと一息ついて微笑んだ。

そして彼女はおもむろに口を開く。

「本当によくやってくれた、ありがとう。これでモンスタークライムの計画とやらにも狂いが生じただろう」

受付のシャルム・グリューエンさんから感謝の言葉を頂戴《ちょうだい》したものの、僕は途端に恥ずかしい思いに駆られる。

その気持ちを紛らわすように、膝上のライムを撫でて返事をした。

「感謝しているのはこちらの方です。シャルムさんが色々と手助けをしてくれなかったら、きっとロメを助けることはできなかったと思います。だからこそ、最初にご報告しようと思ったんです」

「ほぉ、そうか。何はともあれ、お疲れ様」

その言葉を聞くと今回の事件が一段落したのを実感して、一気に体の力が抜ける。

ソファに浅く腰を掛け、ふぅ～っと安堵の息を吐いていると、不意にシャルムさんが辺りを見回した。

「ところで、君とスライム以外の姿が見えないようだが？」

「あっ、ロメは今、僕たちが借りている宿屋でシャワーを浴びています。森とか遺跡を走り回って、体が汚《よご》れていたので」

「クロリア・ハーツもか？」

「はい。仲良くなるチャンスだとか言って、一緒に宿屋に向かいました。なんか、洗いっこするとか、しないとか……」

ついもごもごと余計なことを口走ってしまう。

咄嗟に口を閉じるけど、しっかりと聞かれていたようで、シャルムさんは悪戯な笑みを浮かべた。

「親睦《しんぼく》を深めるために、君も一緒にシャワーを浴びればよかったんじゃないか？」

「じょ、冗談はやめてください！」

「鼻の下、伸びているぞ」

「!?」

ぎくっとして、自分の顔を触って確かめるが、そこまで緩んでいる感じではない。

「伸びませんよ、そんなところ！」

「悪い悪い、冗談だ。まあ、無事に終わって本当に良かった。ぜひ後で、ロメという少女に会わせてくれ」

「は、はい。ロメも喜ぶと思います」

不機嫌さを隠せずに頷いてしまい、僕は誤魔化すようにお茶を啜った。

まったく、最近はどうしてこうも頻繁《ひんぱん》にからかわれるのだろうか。おかげで、だんだんその前兆が掴めるようになってきた気がする。

まあ、今のは余計なことを口走った僕が悪いのだけど。

卓上にお茶を戻し、額の冷や汗を拭って、僕は改めて長い息を吐いた。

無事に終わって本当に良かった。

確かに、シャルムさんの言うとおりだ。

色々と苦労をしたし、怖い思いもしてきた。

それでもこうして一人の女の子を守れて、仲間たちと一緒に帰って来られた。

僕も少しは、強くなれているのかな。

なんて思って、人知れず頬を緩ませていると……

ふと、背後から視線を感じた。

決して嫌な感じではない、むしろ懐《なつ》かしさすら感じる温かい視線。

クロリアたちが戻ってきたのかな？

振り向いてギルドの入口を確認すると、ちょうど踵を返して立ち去ろうとする一人の少女の姿があった。

ふわりと揺れる茶色のショートヘア。

クロリアたちじゃない。まったく別の人物だ。

寸前で振り返ってしまったため、顔ははっきり見えなかった。

しかし顔を見ずとも、僕にはそれが誰なのか分かってしまった。

「な、なんで……」

どうしてここにいるんだ？

なんで僕のことを見ていたんだ？

いや、そんなのどうでもいい。

僕はソファを蹴り飛ばす勢いで立ち上がる。

膝上のライムが即座に反応して頭の上に乗ったのを確認すると、僕はそのままギルドを飛び出した。

シャルムさんの制止の声も聞かず、人ごみに紛れた少女の姿を探す。

なんでこの場所にいるのかは全然分からない。

でも、今はとにかく、彼女に言いたいことがある。

言わなくちゃいけないことがあるんだ。

まだ遠くには行っていなかったようで、彼女の背中はすぐに見つかった。

僕は彼女を追って再び駆け出す。

戦いの疲労などなかったというくらいに、足が勝手に動く。

やがて少女は人通りのない路地裏《ろじうら》に入っていった。

僕も同じくその道に飛び込むと、すかさず声を掛けた。

「ファナ！」

「……」

少女は艶やかな茶色の短髪をなびかせながら、こちらを振り向く。

馴染みのある顔には、焦るこちらとは正反対にあっけらかんとした笑みが浮かんでいた。

「やっほ、ルゥ！　久しぶり！　元気にしてた？」

「ひ、久しぶりって……」

ぜえぜえと荒く息を吐きながら、僕は力ないツッコミを入れる。

「さっき僕のこと見てたでしょ。ていうか、どうして逃げるのさ？」

「逃げてないよ。人聞きが悪いなぁ」

ファナはいつもの調子で、若干不満そうな声を上げる。

それを受けて僕は、一躍《いちやく》有名人となって遠い存在になってしまったと思っていたファナを身近に感じ、気持ちが落ち着いてきた。

僕とライム、そしてファナの三人だけが佇む路地裏が、しばし静寂に包まれる。

「……それで、どうしたの？」

「えっ？」

「いや、〝えっ？〟じゃなくて、私のこと追いかけてきたじゃん。何か用事があったんじゃないの？」

「い、いや、そうだけど。でも、用事がなくても、普通追いかけるでしょ」

幼馴染みなんだから。

さっきからなんだか様子がおかしいファナを見て、僕は内心で首を傾げる。

だが、すぐに気を取り直してファナに伝えることにした。

「あ、あの……ファナに言いたいことがあって」

「うん、なになに？」

「えっと、この前は助けてくれて、本当にありがとう。お礼を言う機会がなくて、ずっと先延《さきの》ばしにしちゃってた。ファナのおかげで、ライムを死なせずに済んだから。だから本当にありがとう」

やっと言えた。

初めてモンスタークライムの奴らと戦って、やられそうになったとき、寸前で助けてもらった、あのときのお礼を。

「ライムを……って、まるで自分なら死んじゃってもいいみたいな言い方だね」

僕のお礼を聞いて、ファナは少し乾《かわ》いた笑いを漏らした。

それに対して僕はかぶりを振る。

「ううん、僕だって死ぬのは怖いよ。だって、僕が死んだら、従魔であるライムまで死んじゃうから。だから、僕とライムを助けてくれてありがとう、って言ってるんだよ」

「……それ、さっき私が言ったのと同じ意味だよ」

小さな声でファナは僕の言葉を再度否定する。

自分の命を軽視するつもりはないけれど、僕にとってはライムが一番大切なので、そう解釈されても仕方がないか。

それはともかく、やっとお礼を言えて、心に引っ掛かっていたもやもやをすっきりさせられた。

そこで僕は、改めてファナがなぜここにいるのか聞いてみることにした。

「それで、ファナはどうしてここにいるの？　確か、『正統なる覇王《フェアリーロード》』のパーティーに入って、今はテイマーズストリートに滞在しているはずじゃ……」

その問いかけに、ファナは逆に首を傾げる。

「ん～、なんでだろうね？」

「えっ？　いや、なんでって、僕がそれを聞いてるんだけど……」

「もしかしたら、泣き虫のルゥが心配になって、ついついこの街まで見に来ちゃったのかも？」

「……」

……ファナは本当に何を言ってるんだろう？

何かはぐらかしているのか、本気なのか、判断がつかない。

でも、昔からこんな掴みどころのない性格だったと思い出し、下手に追及しないでおいた。

彼女は軽く肩をすくめて続けた。

「まあ、今のは冗談として、私もこの街に用があって来たんだけど……」

「……？」

「またルゥに、先を越されちゃったみたい」

……先を越される？

僕が何かしただろうか？　ていうか〝また〟ってなんのことだ？

疑問符を浮かべていると、ファナが少し真剣みを帯びた声で告げてきた。

「強くなったね、ルゥ」

「……」

強く……？

そう言われて、ようやく彼女がここにいる理由を悟った。

そっか、そういえばファナは、正統なる覇王《フェアリーロード》の一員として、モンスタークライムの連中と戦っている最中なんだった。

もしかしたら、あの蛇使いを追ってこの街に来たのかもしれない。

しかし、蜂使いのビィのときと同じで、また僕が先に奴らと戦うことになってしまった。

それなら〝先を越された〟という言葉の意味が通る。

それに、今回は辛《かろ》うじて自力で勝利を掴んだ。〝強くなった〟というのは、それについて言っているのだろう。

そうと分かったものの、僕は首を横に振った。

「全然、強くなんかなってないよ。勝つには勝ったけど、結局逃げられちゃったし。それに、僕は何もやってなくて、ライムが頑張っただけだから」

そう言うと、今度はファナが首を横に振る。

「ううん、ルゥは強くなったよ。だって、勝ちは勝ちだもん。逃げられたとしても、奴らを追い払って大切なものを守ったのは立派だよ。何より、パルナ村でいじめられてた頃とは大違い。泣き虫じゃなくなったみたいだし」

「そ、その話はやめてよ」

真剣に褒めてくれているのかと思いきや、やはりちょっとからかう方向に持っていかれて、僕は抗議《こうぎ》の声を上げる。

まったく、いつもそうやって茶化すから、真面目な話ができないんだよ。

内心で呆れていると、ファナは相変わらずのお気楽な調子で続ける。

「あぁ、でもよかった。これで安心してルゥから離れられるよ。頼りになる仲間もいるみ

……っ
たいだしね？」

「は、離れられるって、別に僕はそばで面倒を見てほしいなんて頼んでないよ！　……って、あれっ？　もうどこかへ行っちゃうの？」

「うん。もっと話していたいけど、あんまり長居できないし、もう行くよ」

ファナは再び背中を向けてしまう。

その姿がどこか寂しげに見えたのは、僕の気のせい。あるいは、僕がそう望んでいるだけなのかもしれない。

呆然とファナの背中を見つめていると、彼女は首を巡らせて顔だけをこちらに向けた。

「それじゃあね、ルゥ。あと、ライムちゃんも。また街で見掛けたら声かけてよ」

「あっ、うん……」

そんな別れの言葉に、僕は鈍い反応しかできなかった。

だが、気づけば無意識のうちに彼女を呼び止めていた。

「ファ、ファナ！」

「……？」

「あっ、えっと……」

呼び止めておいて、それ以上言葉が出てこない。

でも、このままお別れしちゃいけない。

何か言わなきゃいけないと感じた。

きっとここで離れたら、当分会えないと思うから。

だから何か言わないと。何か……

焦りが募る中、頭上のライムが体を揺らした。

どうしたのだろうかと胸に抱えなおすと、ライムは僕を見上げて微笑んだ。

その優しい笑顔に背中を押された僕は、はっと顔を上げ、精一杯の声でファナに叫ぶ。

「僕、絶対にファナに追いついてみせるから！　追いついて、追い越して、それで今度は僕がファナを助けてみせる！　だから、今は先に行って待っててよ！」

「……」

でも、ライムの顔を見た後だと、不思議とそれは自信を伴《ともな》ってすらすらと出てきた。

Fランクのスライムテイマーの僕には不相応かもしれない言葉。

僕の叫びを聞いて、ファナは目を丸くして固まってしまった。

あんな驚いた顔のファナは珍しい。

路地裏に残った僕の声の余韻《よいん》が消える前に、ファナはにっと笑って応えてくれた。

「うん、期待してるからね！」

そう言い残して、ファナは小道の奥へと溶《と》け込むようにして去ってしまった。

僕は追いかけない。

彼女がいなくなった後も、僕とライムはしばらく暗い道の先に目を向け続ける。

まるで、ファナが歩《あゆ》んでいく道のりに思いを馳せるように。

しばらくそうしていた後、僕はファナが進んだ道とは反対側へと向きなおった。

一歩踏み出す直前、腕の中のライムに声を掛ける。

「頑張ろうね、ライム」

「キュルキュル！」

英雄までの道のりは長い。

そこまでたどり着けるかどうかも分からないし、まだまだ実力不足なのも承知している。

けれど今は、その道を一歩ずつ着実に進んでいるんだ。

この相棒と、そして仲間たちと。

だからいつか、僕も冒険譚《ぼうけんたん》に描かれている英雄みたいになる。

自分にとっての初めての英雄——幼馴染のファナのように。

もっと強くなってみせる。

そして最後には、世界で一番強い相棒に相応しい、最強のスライムテイマーになってみせるんだ。

気持ちを新たにし、僕は相棒を抱きながら、仲間たちが待つ場所へと走り出した。

あとがき

この度は文庫版『僕のスライムは世界最強3』をお手に取ってくださり、誠にありがとうございます。作者の空水城です。今回が最終巻ということで、こうしてあとがきでご挨拶させていただくのもラストとなります。名残惜しくもありますが、エンドマークまで至れた達成感もあり、作者としてとても嬉しいです。

さて、今回のテーマは、ずばり『再挑戦』です。

前巻で主人公ルゥは悪の組織の幹部によって散々な目に遭い、自分の弱点を指摘されて大きな『挫折《ざせつ》』を味わいました。この経験から彼は、テイマーとしての存在意義という壁に直面しながら、さらなる成長のための前進を決意します。第三巻では、そんな因縁深い悪の組織と再び刃を交える機会があり、そういう部分も含めて『再挑戦』になっているわけです。

しかし、ルゥは肉体的に強くなることはありません。元いじめられっ子の非力な十五歳の少年が、突如として超人的な力に目覚《めざ》めて敵を圧倒する。こういった展開を、私はどうしても想像できませんでした。特別なスキルを持つ従魔のライムと違い、彼はただの人間なのです。そこでルゥには、弱い自分を自覚することで、改めて自分にしかない強みを発見してもらいました。つまり、それは『考える力』であり、信頼できる仲間との『絆《きずな》の力』です。この無限の可能性を秘めた人間の才能を開花させ、よりいっそう洗練《せんれん》させていく。それこそが、自らの実力を上回る強大な敵の『力』に対抗する手段になるのではないか。

その境地に到達した時、ルゥは思考をフル回転させて仲間の能力を信じ、相棒である従魔ライムのスキルを駆使《くし》して困難な道を切り開いていきます。

他者に頼ることは決して悪いことではありません。目標に向かって互いの知恵を絞り合い、絶対的な絆を築《きず》き上げていけば、いつかきっと、叶わぬ夢すら掴める日が来る——。

ルゥの『再挑戦』はまだ始まったばかりですが、必ずや一流の冒険者に成長してくれると信じています。なぜなら彼には、世界最強の相棒が付いているのですから。

最後になりますが、読者の皆様をはじめとして、本書の刊行にご尽力《じんりょく》いただいた関係者の皆様に改めて御礼を申し上げます。また、素晴らしいイラストをお描きくださった東西様にも、深く感謝いたします。

それでは、また皆様にどこかでお会いできれば幸いです。

二〇二〇年四月　空水城

アルファライト文庫

この作品に対する皆様のご意見・ご感想をお待ちしております。

おハガキ・お手紙は以下の宛先にお送りください。

【宛先】

〒150-6008 東京都渋谷区恵比寿 4-20-3 恵比寿ガーデンプレイスタワー 8F
(株) アルファポリス　書籍感想係

メールフォームでのご意見・ご感想は右のＱＲコードから、
あるいは以下のワードで検索をかけてください。

アルファポリス　書籍の感想　検索

ご感想はこちらから

本書は、2018 年 4 月当社より単行本として
刊行されたものを文庫化したものです。

僕《ぼく》のスライムは世界最強《せかいさいきょう》 ～捕食《ほしょく》チートで超成長《ちょうせいちょう》しちゃいます～ 3

空水城（そらみずき）

2020年 7月 31日初版発行

文庫編集－中野大樹／篠木歩
編集長－太田鉄平
発行者－梶本雄介
発行所－株式会社アルファポリス
〒150-6008東京都渋谷区恵比寿4-20-3恵比寿ガーデンプレイスタワー8F
TEL 03-6277-1601（営業） 03-6277-1602（編集）
URL https://www.alphapolis.co.jp/
発売元－株式会社星雲社（共同出版社・流通責任出版社）
〒112-0005東京都文京区水道1-3-30
TEL 03-3868-3275
装丁・本文イラスト－東西
文庫デザイン－AFTERGLOW
（レーベルフォーマットデザイン－ansyyqdesign）
印刷－中央精版印刷株式会社

価格はカバーに表示されてあります。

落丁乱丁の場合はアルファポリスまでご連絡ください。

送料は小社負担でお取り替えします。


ISBN978-4-434-27505-0 C0193